Arena Taschenbuch
Band 2647

Sophie Brandes
geboren in Breslau, flüchtete 1945 mit ihrer Familie aus dem heute polnischen Breslau nach Bayern. Die Autorin veröffentlichte mehr als 35 Bücher, die vielfach ausgezeichnet wurden und mehrfach auf der Auswahlliste zum Deutschen Jugendliteraturpreis standen.

Sophie Brandes

Leerzeit

Arena

Die Handlung dieses Romans ist frei erfunden, basiert aber in allen wesentlichen Darstellungen auf Tagebuchaufzeichnungen des damals (1945) 16-jährigen Fritz (Frederic) Ernst Schlawe, dem ich dieses Buch widme.

In neuer Rechtschreibung

1. Auflage 2003 als Originalausgabe im Arena Taschenbuchprogramm

Umschlaggestaltung: Frauke Schneider
unter Verwendung eines Fotos von corbis
Gesamtherstellung: Westermann Druck Zwickau GmbH
ISSN 0518-4002
ISBN 3-401-02647-X

Inhaltsverzeichnis

Und

Und Wiesen gibt es noch
und Bäume und
Sonnenuntergänge
und Meer
und Sterne
und das Wort
das Lied
und Menschen
und

Rose Ausländer

Abschied von den Dingen

Der Christbaum steht immer noch da, in seiner ganzen Pracht, die roten Kugeln glänzen prächtig im schwindenden Tageslicht. Mämmi hat keine Lust gehabt, ihn abzuräumen, oder keinen Sinn mehr darin gesehen, was wahrscheinlicher ist. Jetzt nadelt er bereits kräftig, Weihnachten ist mehr als vier Wochen vorüber.

Das Wörtchen »noch« hat in letzter Zeit eine neue, nie da gewesene Bedeutung erlangt. Wozu noch den Baum ableeren, noch ein Schulbuch aufschlagen, die Wohnung noch sauber machen, noch in eine Kirche gehen? Weihnachten 1944 war schon kein richtiges Weihnachten mehr, ohne Hanne, ohne Väti und Großel. Die Großel ist vor einem Jahr gestorben und Väti im Jahr zuvor gewiss am Kummer. Was Hanne angeht, kann man nur mutmaßen. Seit vier Monaten ist kein Lebenszeichen mehr von ihm aus dem Feld gekommen. Fraglich, ob er überhaupt noch lebt. Noch lebt. Da ist es wieder, das Wörtchen »noch«.

Die Weihnachtslieder haben auch ganz anders geklungen als früher. *»Oh Freede über Freede, ihr Nuppern kummt und hiert, woas mir durt uf der Hede für Wunderding poassiert . . .«* Weil die Männerstimmen fehlten, der Bariton seines Schwagers Walther und der tiefe Bass von Karl, Trudels Verlobtem. Der ist Stukaflieger und hat keinen Heimaturlaub bekommen und Walther erst recht nicht, als Lazarettarzt.

Ernst schleicht fröstelnd durch die große, menschenleere

Wohnung. Wenn man vorhätte sich hier aufzuhalten, dann müsste man als Erstes heizen. Aber das bedeutet, durch das eiskalte Treppenhaus in den noch kälteren Kohlekeller zu gehen und den schweren schwarzen Kohleeimer drei Stockwerke hochzuschleppen. Die Gasversorgung funktioniert ja schon seit ein paar Wochen nicht mehr. Ob sich solcher Aufwand lohnt?

Ernst zögert eine Weile, bleibt unentschlossen im Wohnzimmer stehen und entlässt stoßweise Atemluft in den Raum, die sekundenlang als weiße Wölkchen dort stehen bleibt – es hat höchstens noch zehn Grad Celsius. Man sagt, es sei der kälteste Winter seit dreißig Jahren, die Oder ist an ihrer breitesten Stelle seit Wochen schon völlig zugefroren, ein Schlittschuhwinter *comme il faut,* wenn die Zeiten danach wären. Aber die Zeiten sind nicht danach. Wenn man bloß an die armen Leute denkt! Die erste große Flüchtlingswelle vor einer Woche.

Seit dem zwanzigsten Januar dröhnen die Straßenlautsprecher: Frauen und Kinder haben die Stadt umgehend zu Fuß zu verlassen in Richtung Opperau-Kanth – zum Entsetzen der Breslauer Bevölkerung. Dabei ist zu dem Zeitpunkt der Kanonendonner nur von fern zu hören gewesen. Mämmi vertrat anfangs die Meinung, die Ortsgruppen der NSDAP wollten sich auf diese Weise nur möglichst rasch der von der polnischen Grenze herandrängenden Trecks entledigen. Mämmi konnte es einfach nicht fassen: dass sie ihre Wohnung, mit allem, was ihr lieb war, verlassen sollte. Erst als sie sah, wie Thieles aus der ersten Etage sich auf den Weg machten, mit Fahrrädern und einem Leiterwagen und

Sack und Pack darauf luden, erst da war ihnen allen klar geworden, dass die Aufrufe auch sie selbst betrafen.
Nervös reibt Ernst sich die Hände.
Der Rogen könnte einem noch nachträglich hochkommen, wenn man sich das Bild in Erinnerung ruft. Wie tausende von jungen und alten Frauen bei zwanzig Grad Kälte mit Kinderwagen, Schlitten und kleinen Ziehwagen auf verschneiten Landstraßen in die Winternacht hinauszogen. Einige sind wieder zurückgekommen. Werner Kleinert, ein Klassenkamerad, dessen Schwestern zusammen mit Mutter und Tante auch sofort losgezogen waren, hat den anderen in der Flakstellung davon berichtet. Ein Todesmarsch sei das gewesen, auf dem hunderte von Säuglingen in den Armen ihrer Mütter gestorben seien. Einfach erfroren. Am nächsten Tag hätte man sie in den Straßengräben auf der Straße nach Liegnitz liegen sehen. Allein in Neumarkt habe man vierzig Kinderleichen fein säuberlich auf Stroh gebettet und auf dem Marktplatz niedergelegt. Mämmi und Ernsts Schwestern Heidi und Trudel sind erst am zweiundzwanzigsten losgezogen, obwohl immer wieder die Lautsprecher von den Straßen dröhnten: Frauen und Kinder verlassen sofort die Stadt. Es klang wirklich wie Hohn, wenn die unglücklichen Mütter nun auch noch von den Parteibonzen ermahnt wurden Spirituskocher mit auf ihren Leidensweg zu nehmen, zum Abkochen von Milch.
Mit Zeigefinger und Daumen schnippt Ernst gegen einen Ast des Weihnachtsbaumes. Ein Silberglöckchen klingelt leise und in Sekundenschnelle verliert der ganze Ast seine Nadeln.

Er hat noch das Bild seiner Mutter vor Augen, wie sie weinend vor ihm stand, und mit zugeschnürter Kehle erinnert er sich an die sinnlosen Ermahnungen, die sie ihm zum Abschied mit auf den Weg gegeben hat. Zieh dich immer warm an, besonders um die Nieren herum, hat sie ihm aufgetragen. Und dass er sich den Johanniskrauttee einstecken soll und möglichst viel schlafen. Die Ahnungslose.
Wer hätte letztes Jahr um diese Zeit aber auch ahnen können, dass alles so schnell kommt? Da hatte er noch gemütlich zusammen mit Mämmi und Trudel Silvester in Krummhübel gefeiert in einer hübschen Pension am Waldrand. An den Krieg hatte man sich schon irgendwie gewöhnt, er schien ja weit weg.
Und plötzlich lag da morgens am zweiten Januar neben dem Frühstücksteller der Einberufungsbefehl zur Flak. Am zehnten Januar da und da zu sein, genauer, in der Kaserne draußen in Hartlieb. Mit Koffer für die Zivilklamotten. Brrr! Ernst fröstelt bei der Erinnerung an die ersten Eindrücke.
Der erste Morgen dort, eiskalt, der Hof voller Schnee. Und dann ein riesiges Karree von Mitopfern, wenigstens auch Rico und Friedemann darunter, die engsten Freunde. Klassenweise wurde einberufen. Klassenweise hieß von da ab batterieweise.
Auf der Fahrt mit der Elektrischen zur Batterie quer durch ganz Breslau war doch noch was ganz Himmlisches passiert. Gödela stieg in die Straßenbahn. In ihrem dunkelblauen Flauschmantel mit dem breiten Gürtel, wie zufällig. Ihr liebes Gesicht, mit den großen Nachtaugen und der ganz kleinen Nase so nah, dass er den Arm um sie hätte le-

gen können. Aber von wegen, das verbot ihm die Pflicht gegenüber Führer und Vaterland. Ein Stück weiter stand außerdem der Spieß, ein widerlicher Schwengel, der zu den unmöglichsten Gelegenheiten grinst.

Zwischen Gödela und ihm, erinnert sich Ernst, deshalb auch nur ein paar schüchtern hingehauchte Fragen und Antworten. Wohin? Nach Hartlieb in die Kaserne. Für wie lange? Keine Ahnung, wird bestimmt nicht ewig dauern. Bis zum Endsieg eben. Wenn ich frei habe, wollen wir uns dann mal treffen?

Unsinn, als hätte er den Mut gehabt, sie so was zu fragen, obwohl ihm in dem Augenblick wirklich danach war. Am Tauentzienplatz stieg Gödela aus und er fuhr weiter bis zur Endstation.

Von da aus war es dann noch eine Stunde Fußmarsch bis zur Stellung, auf vereister Straße. Ein paar flache Erhebungen im Schnee und dahinter einige hingeduckte Baracken, das war alles.

Das heißt: Dazwischen lag noch der Appellplatz.

Ernsts Klasse bezog die Baracke am vorderen Ende der Lagerstraße, am weitesten nach Osten vorgerückt. Kein Wunder, dass bei ihnen der Eiswind ständig durch alle Ritzen pfeift. Auch wenn geheizt wurde, bis das Rohr glüht.

Die ersten Stunden dort vergingen unter Witzeleien, alles war noch so neu und ungewohnt. Als in der ersten Nacht der Ofen ausging, zeigte das Thermometer am Morgen fünf Grad unter null. Das Lager ist auch sonst ein wahrer Horror, findet Ernst. Wenn dreißig Jungen gleichzeitig versuchen sich auf ein paar Quadratmetern Bodenfläche anzuziehen. Oder wenn man an die Hygiene dort denkt. Waschen heißt so viel wie: nur mit Hosen bekleidet die Arme in das kalte Wasser einer Blechschüssel zu legen. Als Folge davon duftet dann das ganze Kabuff ständig nach pubertärem Schweiß und anderen Ausdünstungen.

Ahh, wenn er nur daran denkt, könnte ihm schlecht werden. Damals hat es nicht lange gedauert, schon nach ein paar Tagen Ausbildung am Malsigerät und am Feuerleitgerät hat es ihn schwer erwischt und er musste sich krankmelden. Die Diagnose: Mandelentzündung. Auf jeden Fall war es keine schlechte Zeit, die danach folgte. Nach der Mandeloperation, die er zwar nur örtlich betäubt über sich ergehen lassen musste, folgte ein wunderbarer Genesungsurlaub. Wunderbar, weil er wieder zu Hause bei Mämmi sein konnte, wo er sein Klavier hatte und wo er endlich wieder einmal ein heißes Bad nehmen konnte. Wunderbar aber auch, weil Marlene ihn besuchen kam. Wenn man ihn heute vor die Entscheidung stellte, welches von den beiden Mädchen, Gödela oder Marlene die Richtige, die wahre Einzige sei, könnte er es nicht sagen. Mit Marlene verbindet ihn vieles, da ist zum Beispiel die Musik. Sie ist auch Posniakschülerin wie er und oft haben sie zusammen Beethoven gespielt oder Mozart. Manchmal lasen sie auch etwas zusammen, am liebsten Binding oder Wiechert. Und es war schwer, zu entscheiden, wer von ihnen mehr gebildete Sätze im Kopf hatte, sie oder er.

Ein Jahr ist seither fast vergangen, er hat sich nach der Mandeloperation so empfindlich gefühlt, so besonders verletzbar, und damals war es auch, dass Marlene und er eine gemeinsame Farbe entdeckt haben, Lichtgelb. Farbe der Erlösung hatte Marlene sie genannt. Verrückt, aber diese Deutung schien ihm wahrscheinlich. Marlene, die Blonde, die Lichte, die Schöne.

Trotzdem: Der eine entscheidende Satz war ihm bei ihrem letzten Besuch doch nicht über die Lippen gekommen. Stattdessen war ihm ein anderer Satz eingefallen: »Zwischen uns sei Wahrheit« – sagt Orest zu Iphigenie. Sie hatte ihn ganz ernsthaft hingenommen. Außer ein paar Briefen, die hin und hergingen während des letzten Sommers war zwischen ihnen nichts Entscheidendes mehr vorgefallen. Trotzdem erinnert er sich jetzt an sie.

Vielleicht sollte er diese Briefe an sich nehmen. Und ein paar Bücher wollte er doch heraussuchen. Überhaupt, einiges, das er für wichtig hält, wollte er zusammenpacken und mitnehmen. Schließlich ist keineswegs sicher, dass er je wieder in die Wohnung zurückkehren wird. Die Russen stehen dreißig Kilometer entfernt bei Liegnitz und Opperau, was das bedeutetet, kann man nur ahnen.

Ich sollte vielleicht doch etwas heizen, denkt Ernst. Um sich von den Dingen zu verabschieden, braucht es Zeit. Tatsächlich finden sich noch ein paar Hände voll Tannenzapfen hinter dem Ofen in einem Holzkorb. Der letzte Rest von dem Sack, den der gute Stumpe aus Schreiberhau ihnen im Herbst geliefert hat.

Das herrschaftliche Haus, in dem Ernst mit seiner Familie gewohnt hat, seit er denken kann, mit seinem breiten, flachen Aufgang und den üppigen Balustraden, das Ernst früher freundlich, ja großartig erschienen war, wirkt auf einmal verlassen und verwahrlost. Keiner reibt die Treppen mehr blank und der Duft nach Bohnerwachs und Salmiak, an dem Ernst mit geschlossenen Augen sein Haus erkannt hätte, ist verflogen. Die beiden Wohnungen in der ersten Etage stehen leer, beide Parteien sind schon geflüchtet. Und ob Doktor Wehrle, der kleine Mann unterm Dach, der für die ausgelagerten Schweinfurter Kugellagerwerke in Breslau arbeitete, zur Stunde noch in dem Haus wohnt, ist auch fraglich. Nur bei Nitschke im Erdgeschoss scheint noch Leben zu sein.

Trudel hat behauptet, ihren Hausmeister bei der Beaufsichtigung von Schanzarbeiten draußen in Zimpel gesehen zu haben, ob das stimmt? Passen würde es zu so einem Typen. Dass er ein glühender Parteianhänger ist, ist allgemein bekannt. Ein unsympathischer Prolet, der Väti vor Jahren dreist ins Gesicht gelacht hat. Ernsts Vater war als Richter am Landesgericht nicht mehr weiterbefördert worden, weil er sich von Anfang an geweigert hatte der Partei beizutreten. Traurig, aber nichts Außergewöhnliches in dieser Zeit.

Im Flur brennt kein elektrisches Licht. Sperrstunde? Oder ist die Glühbirne nur durchgebrannt. Ernst tastet den großen Schlüsselbund nach dem Kellerschlüssel ab.

Solche Typen, geht ihm durch den Sinn, wie dieser Nitschke halten das ganze beschissene System in Gang. Milisch, ihr Mathematiklehrer, war auch so einer. Und der Oberleutnant auch. Leute, die gern jemand unter sich haben, die sich ein Vergnügen draus zu machen scheinen, andere herumzukommandieren, besonders die Schwächeren, die körperlich ohnehin Benachteiligten. Eben irgendwie Sadisten. Zum Glück gehört Ernst nicht zu den Allerschwächsten oder zu den Verweichlichten. Im Laufen ist er sogar einer der Besten, bringt es fertig, um Haupteslängen vor Rico ins Ziel zu gehen, und das will was heißen. Denn Rico ist ein absolutes Ass in fast allen Sportarten. Im Weitsprung, im Hochsprung, aber besonders beim Kugelstoßen – der Kerl hat einfach überall Muskeln, wie ihm Ernst etwas neidvoll zugesteht. Deswegen oder trotzdem ist er ein wundervoller Freund.

Und dennoch, glaubt Ernst, ist es nicht die körperliche Leistungskraft, die ihm geholfen hat, leidlich durchzukommen. Eher eine Art Menschenkenntnis.

Einmal hätten sie ihn fast drangekriegt. Das war, als er nach seiner Mandeloperation wieder zurück in die Batterie kam. Da hat man Ernst nicht wieder in die Messstaffel aufgenommen bei seinen Klassenkameraden, sondern ihn in einer Art von Degradierung in die Geschützstaffel gesteckt zu lauter unbekannten Leuten aus der Oberschule. »Strafe muss sein nach so langer Drückezeit«, hatte der Spieß ihm dumm-dreist eröffnet.

»Macht nichts, dann werde ich eben Ladekanonier«, hat Ernst ihm mit einer gewissen Herablassung geantwortet. Das, obwohl der Umgang mit Granaten, diesen eiskalten, tödlichen Objekten ihm mehr als einen Schauer über den Rücken jagte.

Exerziert wurde immer am Vormittag. Zusammen mit der Kartusche misst so eine Granate fast einen Meter, wiegt etwa zehn Kilo, reißt einem mühelos ein Bein ab, explodiert

einem unterm Hintern oder zerfetzt einem den Bauch. Verdammt, immer wieder kamen diese Bilder ihm drängend ins Bewusstsein. Und immer wieder versuchte Ernst die quälenden Gedanken mit großem Getöse, mit hektischer Betriebsamkeit und gespielter Einsatzfreude zu vertuschen.
Merkwürdiges Doppelleben: morgens auf den Exerzierplatz und töten üben und nachmittags Unterricht in den alten Sprachen, in Deutsch, Mathematik, Geschichte und Geografie auf dem verschrammten Kantinentisch. Ernst ist überzeugt, auch der gute Studienrat Krappitz, der sie mit *»De bello Gallico«* ja rein theoretisch mit dem Thema Krieg traktierte, kam nur mit Mühe mit der neuen Unterrichtsordnung zurecht. Er ist ein Schwarzseher, das ist allen klar, und muss sich höllisch in Acht nehmen mit dem, was er sagt. In solchen Zeiten können sogar Schüler Lehrer denunzieren, so was hat's schon gegeben.
Eine Weile tastet Ernst blind im Souterrain herum, bis er den Kellereingang und das dazugehörige Schlüsselloch findet. Ein Scheppern. Hol's der Teufel, über was für metallisches Gestänge ist er denn jetzt gestolpert? Der Kinderwagen von Heidis Kleinem. Ernst fragt sich, warum sie den eigentlich nicht mit auf die Flucht genommen haben.
Im Erdgeschoss hört man eine Tür aufgehen. Der Nitschke scheint zu Hause zu sein.
»Halt, ist da jemand?«
»Ich bin's, Ernst Schlawe.«
»Was machen Se denn da im Finstern?«
Der Strahl einer Taschenlampe erfasst jetzt zitternd das

Geländer, die mit Spinnweben bedeckte Bretterwand, rußige Wände. Erhellt schräg von unten auf unheimliche Weise das Gesicht des Hausmeisters. Die wulstigen Lippen, die klobige Nase, selbst die Augenlider werfen ungewohnt Schatten nach oben. Ekelhafte Fratze, denkt Ernst.
»Ich will Kohlen holen«, erklärt er.
Die Taschenlampe ist nun voll auf sein Gesicht gerichtet und blendet ihn.
»Und wieso, wenn ich mal so fragen darf, bist du überhaupt hier und nicht beim Schanzen oder sonst einem Einsatz?«, will der Kerl wissen. Wenigstens hilft die Taschenlampe ihm insofern, als nun zu erkennen ist, wo der Kohlenvorrat lagert. Ist nicht mehr viel übrig, aber für heute wird's reichen. Der Brotbeutel, der ihm vor der Brust baumelt, behindert Ernst beim Schippen.
Immer noch wartet der Nitschke auf Antwort. Was geht ihn das eigentlich an, weshalb Ernst heute hier ist?
»Ist wegen meiner Gesundheit, Herr Nitschke«, sagt Ernst.
»So, was fehlt Ihnen denn?«, lautet die nächste Frage.
»Sie wissen doch, dass ich schon immer unter Asthma leide«, flunkert Ernst weiter. Der Kerl ist ihm unheimlich mit seiner dreisten Fragerei. Am Ende verfällt er gar noch auf die Idee, Ernsts Angaben zu überprüfen. Ganz falsch waren die ja auch nicht. Tatsächlich hat er sich unter Vorgabe gesundheitlicher Gründe einen Freigang verschafft, was diesmal nicht leicht gewesen ist. An seine Anfälligkeiten hat man sich dort nun schon gewöhnt.
Bald war es ein nervöser Herzanfall, bald ein Fußleiden, weil er sich beim Gräbenschippen einen Riesenstein auf die

große Zehe hat fallen lassen, als dessen Folge der Nagel schwarz wurde und sich dann löste. Klar, dass der Spieß und auch der Leutnant in Ernst einen dekadenten Bürgersohn sehen und er sich gelegentlich die Titulierungen Weichei, Schlappschwanz oder Mimose gefallen lassen muss, aber das ist nicht das Schlimmste. Schlimm bis unerträglich ist nur das Gefühl andauernder Unfreiheit. Das geht einem wirklich an die Nieren, auf die Dauer macht einen das gewiss krank – davon ist Ernst überzeugt. Leider vergehen die kurzen Urlaube an Sonntagnachmittagen immer so schnell, dass dann die Stunden der selbst geschaffenen Freiheit wie eine Erlösung sind. Er ist gewiss nicht der Einzige, dem es so geht. Von Friedemann, Kleinert und von Holst weiß er, dass sie in regelmäßigen Abständen in manchen Nächten auf ihren Fahrrädern nach Hause fahren, in die Stadt. Obwohl solch unerlaubte Entfernung von der Truppe, wie allen bekannt ist, strengste Bestrafung nach sich ziehen kann. Der Spieß scheint einen guten Schlaf zu haben, bis jetzt ist immer alles gut gegangen.

Manchmal in den vergangenen Monaten war es Ernst, als ob er das Lagerleben keinen Tag länger aushalten könnte. Ein halbes dutzend Mal vielleicht ist er schon am Haus der Wiesers, Marlenes Eltern vorbeigeschlichen. Und jedes Mal war er drauf und dran, sich der Mutter von Marlene vor die Füße zu werfen und sie anzuflehen bei ihrem Mann, der Arzt und gleichzeitig Offizier ist, ein Wort für ihn einzulegen. Damit er seinen Einfluss irgendwie geltend machte und Ernst aus der Unerträglichkeit der Flakstellung befreite. Einmal hat er sogar auf dem Weg von zu Hause bis zu Wiesers eine Flasche Wein ausgetrunken, um sich Mut zu machen. Ihm war daraufhin nur schlecht geworden, das lag wahrscheinlich an dem ungarischen Gesöff, von Mut für sein Vorhaben keine Spur.

Muy boshe, als er an dem gleichen Nachmittag wie ein getretener Hund zurück in die Stellung gekrochen kam und sich aufs Bett warf, fing er an zu glühen und zu phantasieren. Die Freunde haben daraufhin den Feldwebel alarmiert und der hat, weil kein Stabsarzt da war, Ernst gleich eine gediegene Portion Rizinus verpasst. Unglaublich, aber von seinem Suff und seiner Verzweiflung hat der gar nichts mitgekriegt.

Eine ordentliche Krankheit müsste man haben, das ist seit einiger Zeit zu einer Art von Überzeugung geworden.

Im Sommer, da sah noch alles ganz anders aus. Da wuchs das Getreide rund um die Geschütze, erst dünn, grün, dann immer höher. Da sangen in den Birken, die den Appellplatz säumen, die Vögel: Amseln, Stare und sogar Lerchen. Ein sonniger Sommer. In den Freistunden lief er mit Rico und ein paar anderen Athleten dreihundert Schritt bis an die Weide, ein kleines Flüsschen, wo man an manchen Stellen sogar schwimmen konnte. Nach dem Schwimmen, vor dem Schwimmen nahmen sie aneinander Maß. Griechische Körper. Keine Zweifel, Ricos Körper war der apollinischere. Überhaupt: Rico – außer beim Sport konnte es auch keiner in der griechischen Heldensage mit ihm aufnehmen. Wenn er von Menelaos sprach, dann glühte er förmlich. Oder von Achill. Alles schien er wie aus der eigenen Erinnerung zu wissen.

Und dann ihre Nachmittage am Hochwasserdamm. Das gemeinsame Nachdenken, die langen Gespräche mit Peter und Friedemann, den sie den »Stoiker« nannten, und sonntags in der kleinen Kommandobaracke klassische Musik aus dem Volksempfänger, Schweigen, neue Gespräche vor der sinkenden Sonne im offenen Fenster. Da offenbarte sich viel Verwandtes, plötzlich war man sich sehr nah. Fast vergaß man dabei, zu welchem Zweck man vereidigt war: dem Vaterland in Gestalt des Tausendjährigen Deutschen Reiches und seinem Führer zu dienen und es bis zum letzten Blutstropfen zu verteidigen.
Woran haben sie eigentlich geglaubt? Natürlich an das Vaterland und seine Vormachtstellung in diesem Krieg, den allerdings nicht nur Ernst, sondern auch alle anderen hassten. Die Zeiten, als Friedemann beim Einzug der deutschen Truppen in Russland spontan gerufen hatte: »Unsinn, wir Deutschen brechen keine Verträge!« Die waren längst vorbei. Aber im Sommer sagte der Stoiker noch seelenruhig: »Wir sind im Recht!« Darin waren sich übrigens alle einig. Und alle waren sich ebenso bewusst, dass der Krieg für Deutschland schlecht stand. Kein Wort mehr über einen Sieg, auch wagte keiner an die Zukunft zu denken. War kein Thema. Stattdessen ging's viel um Musik, um Freundschaft und Liebe.
Angefangen wirklich unangenehm zu werden hat es erst eines Tages Ende August, erinnert sich Ernst.
An dem Tag, als Milisch das Mathematikbuch zuklappte und sagte: »Alle mal herhören, Jungs! Wir brauchen noch ein paar kräftige Leute zum Schanzen. Freiwillige vor.«

Ein eisiger Blick durch die Baracke über die Köpfe weg. Keine Freiwilligen?
Wer will sich schon freiwillig von seiner Truppe entfernen? Das Leben hier kennt man wenigstens, wer weiß, was einen anderswo erwartet. Das heißt, man konnte sich schon vorstellen, was einen erwartete. Seit Wochen hatte man Eisenbahnzüge auslaufen sehen voll von Breslauern, die mit Picken und Spaten bewaffnet an die polnische Grenze gefahren wurden. Und in weitem Umkreis um Breslau hatte die NSDAP tausende aufmarschieren lassen, um in mühseliger Knochenarbeit Schützengräben und Panzerfallen auszuschachten. Keine Freiwilligen also?
Man konnte der Stimme von Milisch entnehmen, wie empört er war.
»Na, dann eben auf Befehl des Führers.«
Sein Finger hackte in die Runde: Kampe, Eisner, von Holst, Bergmann. Natürlich alles Leute, die in Mathematik schwach waren. Und die auch körperlich nicht gerade zu den Stärksten zählten.
Ein Wunder nur, dass Ernst da nicht dabei ist, dafür hat es Peter Eisner erwischt und Friedemann, den Stoiker. Der hat noch als Einziger aufgemuckt. »Und wo soll das sein, wo wir eingesetzt werden, Herr Studienrat?« Darauf der Pauker: »Nur keine jüdische Hast, wir werden Ihnen einen Platz auf dem Strohsack reservieren, in Trachenberg, Groß-Wartenberg oder sonstwo.«
Ist eben nicht üblich, Fragen zu stellen in diesen Zeiten, da setzt man sich nur in die Nesseln. Krankheiten sind da schon was anderes.

Ernsts nächster Versuch, richtig krank zu werden, fand im Dezember statt. In einer klaren Nacht lief er bei fünfzehn Grad minus nackt durch den Schnee, so langsam es ging, und sprang anschließend noch in die Weide, tauchte unter und lief wieder zurück. Am folgenden Tag, nichts, nur eine kleine Erkältung. Trotzdem hat der Revierarzt ihn für drei Tage krankgeschrieben.
Was bleibt einem übrig als weiter nach einer Krankheit zu suchen. Eine, die schwerer nachzuweisen ist, Herzneurose zum Beispiel. Anfang Dezember meldete Ernst sich das letzte Mal krank. Das klappte auch, der Revierarzt schickte ihn diesmal ins Lazarett, vormittags kuren, den Nachmittag zur freien Verfügung. Ein paar Tage schien alles gut zu gehen. Bis er schließlich zum Chef gerufen wurde, Sternberg hieß der und sollte in Zivil Kunstmaler sein. Auf jeden Fall erklärte er Ernst, er wolle ihn warnen: »Sie fallen seit einiger Zeit auf, in Zukunft sollten Sie vorsichtiger sein.« Mehr nicht. Aber am nächsten Tag ist ein Gefreiter aus Ernsts Batterie erschienen und hat ihn aus dem Lazarett abgeholt. Aus der Traum von der Herzneurose. Stattdessen eine dienstliche Meldung wegen Urlaubsüberschreitung. Es sah nicht gut aus. Bis heute hat er durchgehalten. Kurz vor Weihnachten war dann noch Batterieappell und Ernsts Klassenkameraden wurden dabei fast alle befördert. Nur er nicht, stattdessen erteilten sie ihm einen verschärften Verweis wegen Fehlverhaltens.
Trotzig lässt Ernst die letzten Kohlenstücke in den Eimer poltern. Brechen fast alle in Stücke, lauter kleines Kroppzeug. Seine Zehen jucken ihn auf eine schmerzhafte Art

und Weise, die hat er sich sicher angefroren, als sie vorige Woche den Panzergraben ausgebuddelt haben, vielleicht ist es aber auch Fußpilz, den haben hier fast alle.
»Ja, ja, die Gesundheit«, lässt Nitschke sich vernehmen und räuspert sich nachdrücklich. Was, ist der immer noch da? Soll sich doch verpissen mit seiner Neugierde und seiner Hinterhältigkeit.
Ernsts Gedanken kehren noch einmal zurück zu der Zeit vor Weihnachten. Da hat man den ersten russischen Flieger über Breslau auftauchen sehen und eigentlich braucht man in solchen Zeiten die gesamte Mannschaft. Und ausgerechnet in diesen Tagen erhielt er einen Sonderauftrag vom Batteriechef – die Geschützstände sollten vermessen werden. Was Ernst dann auch in aller Ruhe tat, obgleich er den Sinn dafür nicht ganz begriff. Wozu gerade jetzt die verdammten Geschützstände der sechs Geschütze einen nach dem anderen vermessen, außerdem genaue Pläne von den Erdwällen zeichnen, dann von den Mannschaftsbunkern und den Munitionsbunkern auch noch. »Verstehst du das?«, hat Ernst seinen Freund gefragt.
»Bloße Schikane«, war Ricos Ansicht.
Aber so etwas wie Vorsehung schien es wohl doch zu geben, denn einen Tag später verbreitete sich die Nachricht wie ein Lauffeuer, dass die Russen an der Oder standen. Das bedeutete, dass ihre Geschütze auf Erdkampf vorbereitet werden mussten, an das Märchen, die Oderlinie werde in jedem Fall das russische Heer zum Stillstand bringen, glaubte keiner mehr. Und nun kamen seine Pläne plötzlich wie gerufen. Verspätet erhielt Ernst dann doch noch die Beförderung.

Dann war plötzlich Weihnachten, mit einem Himmel wie aus Blei gegossen. Irgendjemand schien daran gelegen, ein Klavier in die Stellung zu schaffen und Rico und Ernst machten darauf in der schlecht geheizten Kantine vor versammelter Mannschaft Weihnachtsmusik. *Ah vous dirai-je, Maman?* von Wolfgang Amadeus, besser bekannt unter »Morgen Kinder wird's was geben«.

Von wegen Maman, es war das erste Mal, dass Ernst Heiligabend ohne Mämmi und seine Geschwister feierte, und von feiern kann gar keine Rede sein, wenn man sich jetzt diesen tragischen Akt mit ein paar Talglichtern auf dem Tisch und dem Kochgeschirr voll süßer Milchsuppe wieder vor Augen führt.

Und ausgerechnet er war dazu ausersehen worden, ein Gebet zu sprechen: »Mach unsre Herzen hart und stark, das andre wollen wir selber tun . . .« Wie das wohl gemeint war und wer hatte diese Zeilen erdacht? Wahrscheinlich der oberste Feldherr höchstpersönlich. Weihnachten – dieser Tag und der Abend erinnerten aber wirklich in nichts mehr an den bewegten, fröhlichen, nicht enden wollenden Festtag seiner Kindheit. Mit dem Festessen, bestehend aus Karpfen und Rosinentunke. Mit den Verwandtenbesuchen im Drumschen Garten und der dortigen Einbescherung, dem großen, schönen Baum und der feierlichen Christmette im Dom zum Ausklang.

Besonders an Väti muss Ernst viel denken in diesen Tagen. Dass er ihm unrecht getan hat und es nun nicht wieder gutmachen kann. Wie viel Weitsicht hatte sein Vater bewiesen mit seiner Weigerung, sich dem braunen Klüngel anzuschließen. Konsequent bis zum Schluss.

Verzeih mir, wenn ich mich für dich vor den anderen geschämt habe. Wenn er ihm das doch nur einmal persönlich sagen könnte.

Auch andere bedeutungsschwere Sätze gehen ihm jetzt durch den Kopf. So auch der, den der alte Dekan, der ihn noch schnell Anfang April ohne Unterricht und in Uniform konfirmiert hatte, ihm mit auf den Weg gab. »Bemühet euch zu haben ein unverletzt Gewissen, gegen beide, Gott und den Menschen.« Aus dem Evangelium des Johannes. Er hat ein schlechtes Gewissen Väti gegenüber, das ist wahr. Väti ist von Anfang an gegen die Partei gewesen und hat im Familienkreis keinen Hehl daraus gemacht. Zwar sind seine Worte immer vorsichtig, leise gewesen, nie wäre es ihm in den Sinn gekommen, seiner Schwester Hedel, die an Hitlers Geburtstag ihren Balkon mit der Hakenkreuzfahne flaggte, durch entsprechende Hinweise den Spaß zu nehmen, aber seine Kinder, das war offensichtlich, wollte er unter keinen Umständen an die Partei verlieren.

»Das sind andere Kreise als unsereins«, hört Ernst ihn noch sagen. »Man braucht nur auf eine ihrer Reden zu achten, dann wird einem klar, wie dumm die daherreden und wie gefährlich sie sind.« Manchmal hat es Streit zwischen den Eltern gegeben. Es führe bloß zu bösen Verwicklungen, wenn man nicht endlich in die Partei eintrete, war Mämmis Meinung.

Damals zog Ernst den Kopf ein, ohne zu wissen, weshalb, vielleicht weil seine Eltern unterschiedlicher Meinung waren. Vorerst schlug er sich auf die Seite von Väti. Wenn Mämmi ihn mit Engelszungen bat: »Bitte geh doch zu der

HJ-Versammlung«, ihn sogar bestach – »Ich geb dir dafür auch einen Groschen« – hatte Ernst geantwortet: »Und ich geb dir auch einen Groschen, wenn ich nicht hinmuss.«
Seine Ängstlichkeit machte Ernst schlau, er vertuschte und schwindelte, sagte zum Schein Ja, streifte aber dann zwei Stunden lang durch die Stadt bis zum Oderdamm oder drückte sich in der Zeit im Kaufhaus Barrasch rum.
Aber Anhänglichkeit kann auch umschlagen. In Verdächtigung und Verachtung. Wenn man als elfjähriger Junge plötzlich begreift, dass man anders ist als die andren, die mittlerweile alle Pimpfe geworden sind. Auch Rico war längst schon dabei. Dass es Nachteile haben kann, nicht so wie die anderen zu sein, ja sogar gefährlich werden kann. Vielleicht hatte sein Vater doch gar nicht Recht, vielleicht war er tatsächlich ein Reaktionär, ein Drückeberger, ja sogar ein heimlicher Judenfreund, wie die in seiner Klasse ihm unverblümt hinterherschrien.
Wann genau der Zeitpunkt da war, dass Ernst sich gegen seinen Vater stellte, konnte er nicht sagen. Vielleicht hatte es mit Heidi und Trudel zu tun, die nur ein Jahr älter als Ernst waren. Schon längst waren die auf Mämmis Seite. Wie alle waren sie beim Arbeitsdienst gewesen, Heidi zuerst nur während der Sommerferien. Trudel hatte gerade ihr halbes Jahr auf einem Bauernhof abgedient, wo man melken, Heu machen und einen Mähdrescher bedienen lernte.
Es war herrlich, verkündete Trudel lautstark.
Er erinnert sich daran, wie er vor Neid fast verging.
»Nachts schliefen wir in Scheunen«, hatte Trudel erzählt, »Mädel und Jungen getrennt. Wenn aber ein Junge ein Mä-

del mit ins Heu nehmen wollte, konnte er das auch tun. Ein gesundes Leben sei das«, hatte seine Schwester gemeint und Ernst und Hanne gezeigt, wie stark sie inzwischen geworden war. Sie konnte tatsächlich Ernsts rechten Arm runterdrücken, jederzeit. Er hatte die Muskeln seiner älteren Schwester befühlt – sie waren ganz hart. Und da war noch ein anderes Erlebnis. Einmal war er in seinem Bett wachgeworden von einem Schluchzen, das von nebenan kam, wo seine Eltern schliefen. Er lauschte. Seine Eltern redeten miteinander, erst waren ihre Stimmen leise, dann plötzlich laut. Nein, wenn er sich recht erinnerte, war nur Mämmis Stimme laut, Väti murmelte nur in einem fort. ohne die Stimme zu heben.
Seine Mutter beschimpfte seinen Vater, wofür?
Es musste etwas mit Vätis Besuch bei der Reichsanwaltskammer zu tun haben, der an diesem Tag stattgefunden hatte. Heute glaubt Ernst zu wissen, dass dies der Tag war, als Väti erfuhr, dass seine Beförderung bei Gericht ausgesetzt worden war, weil er kein Parteibuch vorzuweisen hatte. Ob Väti sich nicht ein bisschen hätte verstellen und sich den Parteigrößen andienen können, hörte Ernst Mämmi sich anderntags bei Hanne beklagen. Wenn er es schon nicht vor seinem Gewissen verantworten könne, so sei er das doch der Familie schuldig.
Jetzt begriff Ernst die Aufregung. Begriff, dass Beförderung etwas mit Geld zu tun hatte und dass andere, die in der Partei waren, dieses Geld hatten, das seiner Familie offensichtlich fehlte. Keine Sommerfrische in diesem Jahr, da habt ihr's!

Von dem Moment an wollte Ernst zu den Pimpfen, wollte ein braunes Hemd und ein Halstuch tragen wie die anderen in seiner Klasse. Wie sie wollte er ins Arbeitsferienlager an die Ostsee und mit auf das große Sportfest nach Berlin fahren.
Sein Vater schwieg jetzt. Schwieg die ganze Angelegenheit einfach tot. Väti kehrte den Dingen den Rücken, eine tiefe, leidvolle Falte prägte von da an sein Gesicht, immer länger und immer mehr zog er sich zurück in sein Arbeitszimmer und Mämmi ließ es dabei bewenden. Damals musste er schon krank gewesen sein, ohne jemandem Mitteilung davon zu machen, auch Mämmi nicht.
Die Krankheit zehrte ihn rasch aus, immer blasser, immer gelblicher wurde seine Haut und immer zerbrechlicher sein Körper. Immer noch ging er zum Gericht, bis er eines Tages zu müde war sich aus der Decke zu rollen und die Füße auf den Boden zu stellen. Von da ab hat Ernst seinen Vater nie mehr das Bett verlassen sehen und niemand wagte sich in das Zimmer, außer Mämmi, wenn sie stündlich die Urinbeutel ausleeren kam. Im Bett ist er gestorben, allein, nachdem Mämmi aus dem ehelichen Bett endgültig ausgezogen war. Armer Väti. Und dabei hat er Recht behalten: Die Zeit war völlig aus dem Gleichgewicht geraten, da half es einem auch wenig, wenn man ein Koppel wienern konnte oder mit Kleinkalibergewehren umgehen. Wie die braune Bagage seine Stadt zurichtet, indem sie sie zur Festungsstadt erklärte. Die schöne Stadt, überall errichten sie Panzersperren und Schanzgräben, da half es den Bewohnern wenig, wenn sie Einspruch erhoben. In dem Punkt da ist sich der Gauleiter

mit der obersten Heeresspitze ganz einig. Die Stadt soll von ihren Bewohnern verteidigt werden bis zum letzten Stein und bis zum letzten Blutstropfen.
Ernst merkt nicht, dass Nitschke mit einer Bewegung, als wolle er eine Fliege hinter dem Ohr verjagen, den deutschen Gruß vollführt und dabei »Heiltler« murmelt.
Auch nicht, dass von draußen, von der Kaiser-Wilhelm-Straße her schon eine ganze Weile tumultartige Geräusche zu hören sind. Als er sich umwendet, weil der Schein der Taschenlampe erloschen ist, kann er gerade noch sehen, wie der Hausmeister durch den Flur davonstapft. Da muss etwas sein, das seine Aufmerksamkeit von Ernst abgezogen hat. Die Gelegenheit benutzt Ernst, um unbeobachtet zu entkommen. Stöhnend befördert er den vollen Kohleeimer hoch in die Wohnung.
Leider fehlt es an Anmachholz, die paar Zapfen sind im Handumdrehen verbrutzelt. Der Ofen qualmt entsetzlich, seit Tagen hat keiner ihn mehr in Gang gesetzt.
Vielleicht würde etwas Gegenzug nützen, um den beißenden Qualm wieder loszuwerden, der sich in giftigen graublauen Schwaden seitlich durch die Türritzen drückt. Dazu das Fenster öffnen und seine Flügel ein wenig vor- und zurückschwenken, damit die Luft schneller in Bewegung gerät. Durch die kahlen Äste der Allee sieht Ernst von oben, wie gerade ein Dutzend Reiter in wildem Galopp Richtung Wasserturm und Synagoge vorbeiprescht.
Die sehen nicht aus, als ob sie zur Wehrmacht gehören. Verwegene kräftige Kosakengestalten. Auch ihr Reitstil. Die stehen ja fast in den Steigbügeln. Ernst beugt sich noch

einmal weit nach vorn aus dem Fenster. Soweit er bei dem Tempo, das die vorlegen, und aus der Entfernung mitkriegt, muss das ein Teil von dem kürzlich versprengten Haufen Reiter aus dem Regiment des legendären General Wlassow sein. Kleinert will die Kosaken schon vor ein paar Tagen gesehen haben. »Mit finsteren, verschlossenen Gesichtern und solchen Schlitzaugen«, hat er gestern beim Instrumenteputzen erzählt und seine Kuhaugen dabei mit Hilfe der Mittelfinger nach oben gezogen. Mitten über den Ring seien sie am Rathaus vorbeigaloppiert, zum Schrecken der Bevölkerung, die wohl glaubte, die Russen seien schon in der Stadt. Dabei sind es Überläufer, die von der Sowjetseite zur deutschen Wehrmacht übergewechselt waren. Jetzt sollen sie helfen die Stadt zu verteidigen. Na, die haben gewiss auch nichts Gutes zu erwarten, wenn es ihren Landsleuten gelingt, über die Oder zu marschieren. Kann aber auch sein, dass sie selbst auf der Flucht sind, phantasiert Ernst, auf dem Weg zur Grenze.

Welcher Grenze? Immer noch gehören Böhmen und Mähren dem Deutschen Reich an, daran wird sich wohl nicht so schnell was ändern. Die österreichische Grenze ist weit. Was hat es für einen Sinn, sich darüber Gedanken zu machen, wo die deutschen Grenzen verlaufen. Sie ändern sich ja stündlich, außerdem geht sowieso seit einem Monat alles drunter und drüber in diesem irrsinnigen Krieg.

Ernst schließt das Fenster, während er gerade noch sieht, wie auf der Straße zwei Lastkraftwagen mit Leuten in brauner Kluft hinter den verschwundenen Reitern herjagen.

Mit dem Schürhaken beginnt er nun noch einmal die glimmenden Teile im Ofen so zu verteilen, dass sie das zugeführte Papier neu entfachen. Dabei überlegt er: Das eigentliche Chaos ging erst Anfang Januar los, als die Älteren aus seiner Klasse der Armee überstellt wurden. Zum Glück haben sie Friedemann noch einmal verschont, der erst im Februar Geburtstag feiert. Dafür zog ein Haufen Lehrlinge bei ihnen ein, die meisten davon aus Oberschlesien. Zehn Neue bekamen sie in die Baracke gesetzt, das bedeutete für die Verbliebenen eine Umstellung. Die Stimmung war zwar nicht gerade feindselig, aber eine gewisse Distanz war schon da. Trotzdem lauschten die Gymnasiasten mit einer Mischung aus Bewunderung und Abscheu dem, was die Jungen aus dem Volk so herumposaunten.

»Der Krieg ist bald zu Ende.«

»Wer hat euch denn das erzählt?«

»Haben wir gesehn, mit eigenen Augen.«

»Die sind schon in Gleiwitz, mitten in der Stadt.«

»Da komm ich her.«

»Und ich aus Ratibor.«

»In Gleiwitz, da haben sie schon alle Frauen vergewaltigt, die was aussehen.«

»Und die Männer schleppen sie alle mit.«

»Die haben Konzentrationslager genau wie wir. Nein, noch schlimmere. Die müssen sich dort die Gräber selber schaufeln, aber bei vierzig Grad minus.«

»Verdammter Unsinn, ihr seid ja defätistisch. An der Oder kommen sie zum Stillstand, wetten?«

»Von wegen! Wer kann, haut ab.«

»Macht die Wehrmacht nicht runter.«

»Die siehst du nur noch von hinten. In Gleiwitz haben se zwei aufgebaumelt, Fahnenflüchtige, die sind am Ende, wenn ihr die gesehen hättet. Viele haben außerdem Syphilis und Typhus.«
Diese Burschen aus Oberschlesien, die haben nicht die geringste Befürchtung, verpfiffen zu werden. Überhaupt keine Angst vor Bestrafung haben die. Tag und Nacht laufen seither in den Baracken die Feindsender, obwohl Todesstrafe drauf steht.
Der Spieß scheint auf beiden Augen blind zu sein.
Der Unterricht war überflüssig geworden, weil er die täglichen Gedanken in eine falsche Richtung abzog. Bei der Verteidigung seiner Stellung hat man nur an die korrekte Ausführung der Handgriffe an den Geräten zu denken. Das leuchtete allen ein. Die Lehrlinge feixten, als die Gymnasiasten nach ein paar letzten Unterrichtstagen in ein verkürztes, sinnloses Abitur einsteigen mussten.
»Wenigstens das ist uns erspart«, bläkten sie in ihrem oberschlesischen Dialekt, den kaum einer verstand, rauchten Atika und gaben damit an, wie sie irgendwelchen Mädchen die Röcke gehoben hatten und wie sie dem bevorstehenden Untergang begegnen wollten: »Ein paar von diesen Untermenschen mecht ich noch mit der Panzerfaust zerfetzen, bevor ich wegmache. Und ich tät's gern vorher noch mal mit meiner Marthel machen.«
Die kürzeste Prüfung aller Zeiten und danach das Bild vom alten Krappitz, wie er sich, nachdem er die Lateinarbeiten eingesammelt hat, vor sie hinstellte, aschfahl im Gesicht und mit todtraurigen Augen.

»Es ist furchtbar, ihr armen, armen Jungs«, das waren seine Worte, bevor er aus der Prüfungsbaracke lief.
Vor zwei Wochen dann, als Ernst freiwillig Alarmposten schob, weil ihm an der abendlichen Truppenbetreuung mit Kino nicht viel lag, ging's richtig los. Er las gerade im Binding, als plötzlich gleichzeitig das Telefon neben ihm läutete und ganz entfernt die Sirenen einsetzten.
»Feuerbereitschaft«, lautete die telefonische Botschaft.
Als er in die Kantine raste und »Feuerbereitschaft« brüllte, war die bereits leer und alle Fenster standen sperrangelweit offen. Im Laufschritt zum Geschütz, nur mit Turnhemd und offener Jacke. Während des kurzen Geländemarsches stülpte er sich den Stahlhelm über. Trotz der sibirischen Kälte dampfte sein Körper, als er die gelernten Handgriffe am Geschütz ausführte.
»Mach unsre Herzen hart und stark, das andre wolln wir selber tun.« Die Flieger waren viel weiter links, gottlob. Irgendwo im Süden der Stadt gab es eine Detonation, dann Entwarnung.
Nach der Entwarnung wurde Ernst in die Schreibstube gerufen. Da lag der Binding neben seinem leeren Kochgeschirr in einem Milchsuppensee. Das war rein gar nichts gewesen, lediglich eine kleine Kostprobe, trotzdem zitterten ihm den ganzen Abend noch die Knie.
Was will er hier eigentlich, außer Feuer machen?
Ach so, noch einmal nachsehen, wie die Wohnung jetzt aussieht, nachdem keiner mehr darin wohnt. Abschied nehmen, könnte man sagen, wenn man sentimental wäre.
Er starrt auf den leeren Tisch.

Die Familientafel hat er gehasst, weil keiner aufstehen und den Raum verlassen durfte, bis der Letzte seinen letzten Bissen gekaut hatte. Natürlich war immer die Großel die Letzte und immer tat sie so, als merke sie nicht, dass alle Welt nur auf sie wartete. Manchmal hat er mit seiner in Kugelform geknüllten Serviette auf Großels Suppenteller gezielt und meistens auch getroffen. Die Backpfeife, die Mämmi ihm im Auftrag von Väti daraufhin verabreichte, nahm er wie eine Erlösung von der Fron des Still-Sitzen-Müssens in Empfang.

Vergangene Zeiten. Wie sinnlos all die Stühle jetzt herumstehen. Er geht von Zimmer zu Zimmer. Auch in Hannes. Hanne fehlt ihm, besonders seit Vätis Tod. Er muss oft an ihn denken. An die Gedichte, die er geschrieben hat und die Ernst genauso kühn und bedeutungsvoll erschienen waren wie die von Rilke. Hanne konnte gerade noch promovieren und wurde dann sofort als Lazarettarzt eingesetzt. Zuletzt hat seine Einheit irgendwo im Mittelabschnitt gelegen, wo genau, wussten sie nicht, das durfte ja nicht bekannt gemacht werden.

Auf dem Schreibtisch liegt noch ein Feldpostbrief, den Mämmi vermutlich in den Wirren des Aufbruchs da liegen gelassen hat. Ernst blickt auf das Datum. Der Brief ist über ein Jahr alt. 28. November 43.

»Liebe Mämmi, liebe Geschwister, gestern Abend seit Ewigkeiten der erste Brief von euch. Erfreulich war sein Inhalt ja nicht, aber was ist heute schon erfreulich? Man muss schon froh sein, wenn man mit dem Leben davonkommt. Heute Morgen bekamen hier gleich zwei Kameraden als vorweihnachtlichen Gruß ein Bombentelegramm, also will ich mich nicht beklagen, auch wenn die Zustände hier im Lazarett verheerend sind. Es gibt nicht das Geringste zu lesen, sodass man langsam verblödet, außerdem keinen Radioempfänger. Die Stuben müssen meine Verwundeten selbst sauber machen. Kannst du für mich irgendwo Rasierklingen auftreiben? Ich habe die ewige Bettelei ringsum satt. Das ist die Betreuung der Ehrenbürger des Dritten Reiches. Wundere dich nicht. In Ermangelung von Briefpapier schreibe ich dir auf einer alten Fieberkurve.«

Ernst faltet den Brief fein säuberlich zusammen und versenkt ihn in der Innentasche seines Mantels.

Was könnte er noch aus der Wohnung retten? Diese Frage beschäftigt Ernst schon seit dem ersten Fliegerangriff vor einer Woche. Gewiss wird es weitere Angriffe geben. Und auch wenn ihre Wohnung von Bomben verschont bleiben sollte, so liegt sie doch genau in dem Teil der Stadt, in dem, wie er gehört hat, die Heeresleitung den Sturm der Russen als Erstes erwartet.

Mein Gott, sich vorzustellen, wie diese Barbaren hier einfallen. Die Glasvitrinen mit Vätis Mineraliensammlung, das geschnitzte Vertiko, der Seeger mit dem goldschimmernden Perpendikel, all die geerbten Dinge, die seinen Eltern so heilig gewesen waren – wahrscheinlich würde nichts von all dem heil bleiben.

Seltsamerweise fallen ihm als Einziges, das er retten könnte, die Bücher aus Vätis Bibliothek ein, aber Hannes Refraktor dürfte auch auf keinen Fall hier bleiben. Den hat Väti Hanne zum Staatsexamen geschenkt. Ein kostbares Gerät, wie es auch in astronomischen Stationen benutzt wird, mit mehreren Sammellinsen als Objektiv. Hanne hat Ernst voll Hingabe seine Handhabung erklärt, dass es nach dem keplerschen Prinzip funktioniere und wie ein Lichtstrahl, der von einem Gestirn komme, bei seinem Durchgang durch die Erdatmosphäre abgelenkt würde, daher der Name Refraktor.

In einer Sommernacht haben sie zusammen die Venus betrachtet, die einen rötlichen Hof hatte. Ernst hat eine Menge Fragen an seinen Bruder gerichtet, welche genau, erinnert er sich nicht, nur dass sie alle etwas mit der Angst, allein in diesem unermesslichen Universum zu sein, zu tun hatten, weiß er noch.

Ernst macht einen Versuch, das Gerät vom Boden zu heben. *Muy boshe,* ist das Ding schwer, er wird alles auseinander schrauben müssen und dann, wohin damit? Und dann noch die Bücher, wenigsten die wichtigsten, ob das alles auf dem Fahrrad Platz hat? Welche Bücher sind die wichtigsten? Zeit, lange darüber nachzudenken, ist jetzt nicht. Immer wieder hört man von fern Detonationen. Vielleicht die Philosophen? Hegel, Kant? Väti besaß ein paar wertvolle Erstdrucke mit Goldschnitt. Ja, natürlich auch was von Goethe und den Schwab. Da fällt sein Blick auch auf Sigmund Freud und er erinnert sich, wie Hanne ihm seine Lektüre ans Herz gelegt hat. »Lies das und dir fällt es wie Schuppen von den Augen, denn du begreifst mehr und mehr von der menschlichen Seele und von dir selbst auch«, hatte sein Bruder behauptet.

Als Ernst sich anschickt den Stapel Bücher vom Schreibtisch zu heben, bricht vor den Fenstern bereits die Dämmerung herein.

Grau mit einem Hauch von Rot färbt sich der Himmel, der warme Schein trügt, gewiss bedeutet er, dass es irgendwo brennt. Ernst hält noch ein Buch aufgeschlagen in den Händen und starrt darauf, ohne zu lesen, weil er in Gedanken woanders ist.

Plötzlich bekommt er einen Anfall von Hunger, nein, mehr noch: Ihm ist ganz schwummerig, ein jäher Abfall des Blutzuckerspiegels, er kennt das Gefühl, seit einiger Zeit hat er das öfters. Seit heute früh hat er nichts mehr in den Magen bekommen. Die Rationen, die man ihnen zukommen lässt draußen in der Stellung, reichen einfach nicht aus, um den Bedarf eines Heranwachsenden zu decken, eine Schande so was. Besonders wenn man an den geforderten körperlichen Einsatz denkt. Gestern haben sie draußen im Freien Erdverteidigung geübt und heute, da stehen noch Nachtübungen in Aussicht.

Im Ausguss findet sich ein Topf mit gekochten Kartoffeln, deren Schale verschrumpelt ist wie die Haut alter Weiber. Die stehen hier gewiss schon seit zehn Tagen, mit aufgeplatzten Schalen, durch die bleiches weißes Kartoffelfleisch schimmert. Ernst zieht mit den Fingern die Pelle ab. Die Haut von Toten, geht ihm durch den Kopf, bevor er die bleiche, kalte Kartoffel ins Salzfass tunkt und sie mit einem einzigen Satz zerkaut und verschlingt, wahrhaftig kein Vergnügen, aber wenn man Hunger hat, steht das Vergnügen nicht zur Debatte.

Soll er den voll gepackten Tornister in den Drumschen Garten bringen und in dem dortigen Atelierhaus verstecken? Oder ist es besser, den guten alten Janisch aufzusuchen, falls der noch da ist. Der Drumsche Garten liegt stadtauswärts und das Geschäft von Mämmis altem Uhrmacher genau entgegengesetzt und außerdem in der Richtung, in die er sowieso muss. Einen Rest Kakaopuder und eine halb volle Tüte Haferflocken hat er zuletzt noch aufgetrieben, und was noch viel erfreulicher ist: eine Flasche Stonsdorfer. Mindestens ein Schnapsglas voll ist noch drin. Mit einem Wuppdich lässt er die goldbraune Flüssigkeit die Kehle runterrinnen. Das spült nicht nur den Kartoffelgeschmack weg, das wärmt auch. Mit einem Mal fühlt er sich außerdem viel sicherer.

Er verschließt die zwei Schlösser der Wohnung mit der gleichen Sorgfalt wie Väti, als er noch lebte. Die Angst, die Leute, die er mit seinem Richterspruch hinter Gitter gebracht hat, könnten sich eines Tages rächen, war so groß, dass Ernsts Vater zeitlebens nicht nur jede Stubentür vor dem Schlafengehen extra abschloss, sondern auch unter jedes Bett, jede Chaiselongue schaute, ob sich etwa jemand darunter versteckte. *Ob es Sinn macht oder nicht, jedermann tut seine Pflicht,* fällt Ernst noch ein, einer der dummen Sprüche, die man sich einredet, wenn man nicht weiterweiß.

Wenn jemand hineinwill in die Wohnung, dann genügt ein kräftiger Stiefeltritt und die Tür zersplittert, denkt er. Es wird jetzt überall geplündert und manchmal sogar am helllichten Tag. Mehr als zuschließen kann er nicht.

Üb immer Treu und Redlichkeit

Die Kaiser-Wilhelm-Straße liegt um diese Zeit verwaist. Nur ein paar vermummte Gestalten mit hochgeklapptem Mantelkragen und absurd ausladendem Gepäck auf Schlitten begegnen Ernst.

Nach ein paar Versuchen, das beladene Fahrrad zu besteigen, gibt er es auf. Die Reifen wollen in dem hohen, lockeren Schnee einfach nicht greifen. Da schiebt man eben. Schnee knirscht unter den Sohlen. An solch einem Tag wäre man zu Friedenszeiten von einer Schlittenpartie am Scherbelberg zurückgekehrt mit klammen Zehen oder hätte auf der zugefrorenen Oder noch ein paar Schwünge aufs Eis gelegt zu den Klängen eines Wiener Walzers und vor dem Nachhauseweg noch ein Glas Punsch geleert. Das waren Zeiten. Ganz zu schweigen von dem Leben, dem fröhlichen Gewimmel, das zu so einer Stunde noch auf den Straßen geherrscht hat. Und jetzt diese unheimliche Leere.

Sieht so denn eine Festungsstadt aus, die seit ein paar Tagen fieberhaft zur totalen Verteidigung rüstet? Man glaubt es einfach nicht. Bis vor kurzem hat man in Schlesien ja das angenehme Gefühl gehabt, in diesem Krieg weitab von allen Fronten zu liegen. Über Schlesiens Grenzen kommen die Russen nicht drüber, war die allgemeine Meinung gewesen. Ja, Pustekuchen.

Die Armee ist schon jetzt nicht mehr in der Lage, die Oderlinie zu halten, so sieht es aus. So viele Gerüchte schwirren herum in letzter Zeit und von Stunde zu Stunde kommen neue hinzu. Oppeln und Gleiwitz seien bereits fest in russischer Hand, heißt es und gleich darauf, die Russen seien wieder zurückgeworfen worden. Im Süden sei schon die Oder bei Steinau überschritten und dann wieder, Unsinn, die Oder sei die uneinnehmbare Grenze und daran würde sich nie etwas ändern. Ach, was oder wem sollte man glauben?

Eben hat es leicht zu schneien begonnen, in Form von eisigen Graupeln, die der Ostwind einem ins Gesicht schleudert. Wie Nadelstiche sind die kleinen Eisgeschosse auf der Haut.

Nach einer halben Stunde Fußmarsch erreicht Ernst die Graupenstraße. Den Kragen hat er hochgeschlagen, was aber nicht verhindert, dass seine Ohren vor Kälte glühen und ihm der Eishauch an den Nacken greift und seine Bewegungen ganz steif werden. Sogar hier am Sonnenplatz fällt ihm auf, wie wenig Leute auf der Straße sind und dass die wenigen, denen er begegnet, es eiliger haben als sonst.

Am Polizeipräsidium gibt eine Einfahrt den Durchblick in den Hof frei. Im Strahl von Taschenlampen beladen Gefangene einen Lastwagen mit Kisten. Hopphopp geht das, in ständigem Laufschritt, unter Aufsicht eines Uniformierten, der breitbeinig dasteht, sodass man nur seine dunkle Rückseite sieht.

Ernst bleibt einen Augenblick wie erstarrt stehen.

Die laden irgendwelche Akten auf, denkt er. Davon war auch schon gerüchteweise zu hören gewesen. Dass fast alle Behörden in diesen Tagen aufgelöst und nach Westen verlegt werden. Und die Geheimakten, die sollen irgendwo im Riesengebirge eingebunkert werden. Gespenstisch, denkt Ernst, dieser Geistertanz im Gefängnishof. Wie so vieles bei Nacht und Nebel und in größter Eile durchgezogen wird aus Angst, die Bevölkerung könne davon erfahren und die richtigen Rückschlüsse daraus ziehen: dass der Kahn am Sinken ist und die Ratten das Schiff verlassen.

Lieber weitergehen. In die Karten lassen die sich nicht gerne gucken, da können die ganz ungemütlich werden, wenn sie einen mal dabei erwischen. Ernst verdrückt sich und der Schnee schluckt alle Geräusche.

Halt! Was steht da? Eine ganze Häuserfront ist gespickt mit Anschlägen. Ernst muss ganz nah herangehen, wenn er lesen will, bei der Beleuchtung. »An die schlesische Bevölkerung!«, steht da in schwarzen Blockbuchstaben. Und darunter: »Es ist den Frauen Breslaus unter schweren Strafen untersagt, aus falschem Mitleid flüchtigen Soldaten Zivilkleider auszuhändigen oder geheime Unterkunft zu gewähren.« Das gibt Ernst einen Stich. Ist wohl alles, was die noch können, denkt er. Drohen, einschüchtern und strafen. Sonst fällt denen schon lange nichts mehr ein. Ist doch klar: Jetzt, wo die Front Stück für Stück zusammenbricht, hat die Jagd nach Deserteuren begonnen.

Vor Ernst baut sich plötzlich eine Barriere auf, ein Gebirge aus Pflastersteinen und Eisenteilen, da wo man früher in die Straße zur Schmiedebrücke einbog.

Es ist, als wolle die Parteileitung die Stadt schon vor den Russen zerstören, überlegt Ernst, anders ist doch kaum zu verstehen, was hier seit Wochen betrieben wird. Was will man denn damit erreichen, dass nun viele Straßen mittels umgestürzter Straßenbahnen, Steinplatten und Eisenschienen abgeriegelt werden? Günstige Kampfräume schaffen, nennt der Gauleiter dieses brutale Zerstörungswerk, und das soll erst der Anfang sein. Demnächst sollen ganze Straßenzüge gesprengt werden, auch sämtliche Eckhäuser an den Hauptstraßen.

Wer wird diese Stadt demnächst verteidigen? Großväter, die den Ersten Weltkrieg mit Mühe überlebt haben? Oder wer sonst? Die Frauen vielleicht?

Die Universität haben sie auch schon aufgegeben, der ganze große Komplex liegt verwaist, nur ein paar Krähen haben sich auf den Simsen niedergelassen, seit dem zwanzigsten Januar sind sämtliche Institute samt der Professoren in einer regelrechten Flucht nach Dresden abgewandert.

Ernst kennt sich in seiner Stadt aus wie wahrscheinlich kein anderer Junge. Es genügt ihm, sie einfach nur so zu durchstreifen, und dabei fällt ihm vieles auf, was andere übersehen.

Einmal war er zufällig in der Nähe, als die Polizei kam, weil eine Person aus dem dritten Stock eines Wohnhauses in den Lichtschacht gestürzt war. Er hat die Tote im Hof liegen sehen. Wie eine zerbrochene Puppe.

Früher wurden jedes Jahr zur selben Zeit die jüdischen Wohnungen mit grünen Zweigen aus Buchs und Lorbeer geschmückt, um das Laubhüttenfest zu feiern. Aber das hatte schon lange aufgehört.

Das Schild über dem Eingang des alten Uhrmacherladens fehlt. Man kann nur noch ahnen, wo es befestigt war, Lö-

cher von herausgerissenen Nägeln sind zu sehen und der Putz leuchtet als helles Rechteck auf der ansonsten verrußten Wand. Zögernd bleibt Ernst vor dem Haus stehen. Ob der alte Janisch sich schon abgesetzt hat? In den Volkssturm konnten die ihn doch unmöglich eingeteilt haben.
Das Geräusch des Türklopfers in der sonst stillen Straße erregt Aufmerksamkeit, nebenan bewegt sich ein Vorhang und oben im ersten Stock erscheint ein Gesicht unter dem hochgehobenen Verdunklungsrollo. Bei Janisch rührt sich nichts. Was nun? Die Sachen mit in die Flakstellung schleppen geht doch nicht.
In der Absicht, etwas Zeit zum Nachdenken zu gewinnen, läuft er ein paar Schritte hin und her. Die anliegenden Häuser ragen schwarz und lichtlos in den Nachthimmel, einige Fassaden sind mit Brettern zugenagelt, aber eines nicht, das zurückgesetzt hinter einem Vorgarten liegt. Ernst kommt dieses Haus bekannt vor. Ein Haus von reichen Leuten.
Mit einer verzierten, schmiedeeisernen Gartenpforte zwischen zwei mächtigen Steinpfeilern.
Plötzlich kommt ihm ein Bild in den Sinn. Wie durch den Vorgarten ein Mädchen schreitet, elegant wie eine Dame gekleidet und frisiert. Im Sommer haben prächtige Hortensienbüsche in diesem Vorgarten geblüht und das Mädchen war gerade in dem Augenblick auf den Bürgersteig getreten, als er vorüberradelte. Sie hatte ein wunderschönes Gesicht, erinnert er sich, wäre er älter gewesen, so hätte er sie gewiss angesprochen.
Ach woher denn, das hätte er sicher nicht, denn sie kam

doch in Begleitung ihrer Mama. Jedenfalls hätte die Dame, mit der zusammen sie in ein großes, in ein sehr langes Auto stieg, durchaus ihre Mama sein können. Ein Auto mit Chauffeur, wer hatte so was schon? Seltsam, so ein Haus in dieser Straße, überlegt Ernst. Die Häuser der reichen Leute liegen woanders, im Süden, in Scheitnig oder am Südpark. Während er noch seine Augen über Fassade und Fenster des dunklen Gebäudes gleiten lässt, um herauszukriegen, ob es bewohnt ist oder verlassen, zieht ein Geräusch seine Aufmerksamkeit ab. Mit einem Knarren ist im Haus des alten Janisch eben ein Laden aufgestoßen worden. Also lebt der Uhrmacher doch noch und hält sich wohl bloß versteckt.

»Ach mein Junge, du bist's, komm schnell rein, fast hätte ich dich nicht erkannt. Gleich werd ich dir aufmachen.«

Während Ernst den tonnenschweren Tornister vom Gepäckträger zerrt, dreht sich ein Schlüssel im Schloss.

»Tag, Herr Janisch, ich dachte schon, Sie seien am Ende geflüchtet.«

»Ich? Aber ich doch nicht, wo sollte ich denn schon hin«, sagt der alte Uhrmacher, während er vor Ernst her in das dunkle Haus läuft. »Ich habe nur alles schön zugemacht, man möchte ja nicht auffallen.« In dem kleinen Vorraum ist es kalt wie in einer Gruft und riecht auch so. Herr Janisch ist nicht allein. In der Ecke steht ein Mädchen, das sich bückt, um hastig ein paar Taschen zu ergreifen.

»Das ist Tilla, meine Großnichte«, klärt Janisch Ernst auf und setzt noch mit Verschwörermiene hinzu: »Die lässt mich nicht verhungern, was Tillachen?«

»Ich geh jetzt«, sagt Tilla mit einem ängstlichen Blick auf Ernst und stopft mit einer hastigen Bewegung noch etwas in die Taschen, das Ernst nicht sehen soll.
»Sie tauscht die Lebensmittelmarken für mich ein«, erklärt der alte Mann, »weil ich doch nicht mehr anstehen kann.«
Die Baskenmütze zieht sie sich tief runter in die Stirn. »Also, jetzt geh ich.«
In der Werkstatt, die gleichzeitig auch als Laden dient, ist, seit Ernst denken kann, nichts verändert worden. Hier, wo es nur um die Zeit geht, scheint die Zeit stillzustehen. Immer noch ticken von den Wänden, aus Vitrinen und Regalen die unzähligen Uhren. Kleine, geschnitzte aus dem Erzgebirge und welche mit Goldgehäuse und schweren Messinggewichten, Kuckucksuhren und in Goldblech getriebene Elsässer Bilderuhren, Raritäten, die Ernst schon als kleinen Jungen fasziniert haben.
»Ich zieh sie immer noch jeden Tag alle auf«, sagt der Alte mit einem Seufzen, als er Ernsts Blick bemerkt.
»Obwohl das ja überhaupt keinen Sinn mehr macht.« Auf einem Ledertuch liegen unter der Lupenlampe die minutiösen Einzelteile einer Taschenuhr verstreut, an deren Reparatur der Uhrmacher offensichtlich gerade ist.
»Mir kommt es vor«, sagt er nachdenklich, während er mit einer Pinzette die Federn, Wellen und Schrauben zu kleinen Haufen ordnet, »als sei alle Zeit nun ein für alle Mal abgelaufen.«
»Ich weiß, was Sie meinen«, sagt Ernst.
»Die Zeit hat ihre Gesetze«, sagt Janisch mit einem kurzen Blick hoch zu Ernst, der immer noch am selben Fleck steht.

»Wer sie versucht aufzuhalten, zu dehnen oder zu strecken, dem zeigt sie durch das unerbittliche Voranschreiten ihrer Zeiger, dass an ihrem Gesetz partout nicht zu rütteln ist. Kannst du das verstehen, mein Junge?«
»Klar doch«, sagt Ernst. »Sie scheinen ja zu einem richtigen Philosophen zu werden.«
»Bin ich, bin ich«, sagt der Uhrmacher und seine Miene hellt sich zu einem Lächeln auf. »Möchtest du aber vielleicht eine Tasse Tee, ich habe noch Hagebutten.« Janisch deutet mit einer Handbewegung in Richtung des eisernen Ofens, auf dessen Platte eine Aluminiumkanne steht, die leise summt.
»Ich muss zwar gleich weiter«, sagt Ernst, »aber einen Tee nehme ich trotzdem.«
Und während Janisch mit dem Rücken zu Ernst mit der Kanne und einer Bunzeltasse hantiert, führt er seine Zeitgesetztheorie noch weiter aus. »Zeit ist das System«, sagt er, »das verhindert, dass alles gleichzeitig geschieht.« Herausfordernd blickt er Ernst ins Gesicht, als erwarte er Widerstand. Aber Ernst greift nur nach der Tasse mit der dampfenden roten Flüssigkeit.
»Man kann eben nicht alles gleichzeitig, nicht wahr? Gleichzeitig in Frankreich, England, auf dem Balkan und in dem riesigen Russland Krieg führen und auch noch siegen. Siehst du, was herauskommt, wenn man sich großkotzig über das Gesetz der Zeit einfach wegsetzen will. Wie die Nazis das tun. Die sich einfach über alle bestehenden Gesetze hinwegsetzen. Das ist ihr Untergang.«
Ernst hat sich die Lippen verbrannt und stellt die Tasse ab.

Er macht eine Handbewegung, als wolle er etwas einwenden, aber Janisch lässt sich nicht unterbrechen.
»Ich habe mir das genau überlegt«, sagt er, »für mich ganz persönlich. Natürlich könnte ich auch noch rübermachen nach Westen, jetzt wo's brenzlich wird. Weil ich da die verheiratete Schwester habe. Aber was ich glaube: dass ich die Zeit dazu nicht mehr habe.« Der alte Mann schüttelt den Kopf mit den weißen Stoppeln. »Ich kann doch nicht einfach hier weggehen, so wie viele das machen. Aus dem Land, in dem ich aufgewachsen bin. Wenn ich weggehe, wird mir nichts bleiben. Und mich vertreiben von meiner schlesischen Erde, das können die nicht. Ich bin jetzt sechsundsiebzig, und wenn die Russen in meinen Laden kommen ...«, seine Stimme wird einen Ton leiser, »... dann müssen die mich schon wegtragen ...«
»Ich muss gleich gehen«, unterbricht Ernst ihn, dem bei dem Thema unbehaglich wird. Und als Janisch einen Moment innehält, sagt er schnell, weshalb er eigentlich gekommen ist.
»Ich dachte, Sie liegen doch zentral und ich habe hier ein Paket mit Büchern von zu Hause ...« Und noch während er spricht, eilen ihm seine Gedanken voraus. Es ist wahrscheinlich ganz sinnlos, die Tasche hier abzustellen, sagt ihm der Verstand, nach dem, was der Janisch da eben von sich gegeben hat, und wer weiß, ob man so bald hier wieder vorbeikommt. Trotzdem, es liegt doch direkt auf dem Wege zum Freiburger Bahnhof, vielleicht kann er später die Tasche da aufgeben. Heute nicht, nicht jetzt.
Ernst fühlt sich verpflichtet dem alten Uhrmacher noch ir-

gendetwas zu erwidern. Aber ihm fällt nichts Rechtes ein, er fühlt sich ratlos und wie alle, die ratlos sind, sagt er, was man in solchen Fällen eben so sagt: »So dürfen Sie nicht denken, Herr Janisch, Breslau wird doch verteidigt, vielleicht haben wir noch mal Glück.«

»Richtig, mein Junge. Ich hätte so was zu dir nicht sagen dürfen, hab mich richtig vergaloppiert, wo du doch dein ganzes Leben noch vor dir liegen hast.« Ein langer, schwerer Atemzug. Der Uhrmacher blickt starr auf seine abgearbeiteten Hände. Und gerade in dieser Sekunde ertönt von der Wand der erste Uhrenschlag. Sechs ist es, die volle Stunde. Und nun folgen in Sekundenabständen alle Uhren der Leituhr, schlagen langsam oder hastig, hell und dunkel, wie Grabesgeläut oder mit dem Westminsterklang. Am Ende ruft nur noch ein Kuckuck.

Ernst sieht zusammen mit dem alten Mann den Uhren zu, sieht, wie Gewichte langsam herabgleiten, Pendel von rechts nach links schwingen, alles sich bewegt bis zu der Sekunde, wo wieder Ruhe eintritt. Eine Uhrenkette, die sich verhängt hat, zieht Janisch wieder in die rechte Position.

»Siehst du, das ist das Gesetz der Stunde«, sagt er noch während das emsige Geräusch raschelnder Sekundenzeiger wieder einsetzt.

»Ja, sechs Uhr, ich muss gehen«, sagt Ernst schnell, noch, immer hält er zögernd den Tornister an den Schulterriemen fest zwischen seinen Beinen.

»Du kannst alles hier lassen«, sagt Janisch, »ich stell die Tasche da unter den Tisch, mit deiner Kenntnisnahme. Und wenn du kommen solltest, um sie abzuholen, dann klopfe an den Fensterladen, nach der Melodie ›Üb immer Treu und Redlichkeit‹, dann weiß ich, dass du es bist.« Und nun klopft Janisch mit dem arthritisch gekrümmten Zeigefinger den Rhythmus auf die Lederunterlage.

»Sonst mache ich nämlich keinem mehr auf. Bist du jetzt auch schon so alt, dass sie dich zur Verteidigung holen?«, fragt er mit plötzlich erwachtem Interesse, während er zusieht, wie Ernst den Tornister mit dem Schuh nach hinten schiebt, dass man von vorn nichts mehr von ihm sehen kann.

»Jawoll, ich bin jetzt sechzehn und bei der Heimatflak.«

Janisch schüttelt den Kopf. »Die sind doch meschugge, Kinder wie dich an eine Kanone zu stellen.« Ernst würde am liebsten noch protestieren. Als Kind fühlt er sich nun weiß Gott nicht mehr, aber er wollte längst weg.

»Und die Mama und deine Schwestern?«, fällt dem alten Janisch noch ein, als Ernst schon die Klinke in der Hand hat.

»Die sind schon seit zehn Tagen weg«, antwortet Ernst. »Zu meiner ältesten Schwester nach Bunzel gefahren, dort wollten alle bleiben bis, ja bis . . .« Er wollte sagen: »Bis der Krieg zu Ende ist«, sagt dann aber: »Bis man weitersieht. Wiedersehen, Herr Janisch. Und noch vielen Dank.«

»Komm wieder vorbei, wenn du willst«, ruft der alte Mann Ernst nach und fügt dann leiser hinzu: »Wenn du kannst.« Dann fällt die Tür hinter Ernst ins Schloss.

Draußen schlägt ihm die Kälte ins Gesicht, sein Fahrrad, das liegt umgekippt im Schnee und Ernst bückt sich, um es aufzustellen. Das Stück Himmel zwischen den Häusern ist von einem fahlen Rot überhaucht, ein Wunder fast, dass immer noch Ruhe herrscht, gestern um die gleiche Zeit, da war bereits das zweite Mal Alarm und die feindlichen Flieger sind über die Stadt gebraust.

Er sollte sich jetzt auf den Weg zur Stellung machen, aber Ernst zögert noch, weil ihn etwas festhält und seinen Blick hinüber auf die gegenüberliegende Straßenseite zieht. Zu dem Haus hin, das stumm und geheimnisvoll hinter einem Vorhang aus Dämmerlicht daliegt. Mit einem Blick auf die Armbanduhr prüft er, wie viel Zeit ihm noch bleibt.

Ich könnte einfach hineingehen, denkt Ernst, so viel Zeit hätte ich gerade noch. Einfach bis zur Haustür gehen und klingeln, um zu sehen, ob noch jemand darin wohnt. Ernst macht ein paar unschlüssige Schritte auf und ab. Und wenn jemand öffnet, was dann? Wie kommt er nur dazu, einfach in ein fremdes Haus einzudringen? Wenn Väti ihn sehen könnte! Im Grabe würde er sich rumdrehen. Viele Häuser stehen, wie man weiß, leer und jeden Tag werden es mehr. Seine Augen schweifen über die Fassade. Ich könnte sagen, ich suchte einen Herrn Soundso, es wäre also gar nicht schlimm.

Jedermann ist bekannt, dass es unter Strafe verboten ist, in ein leer stehendes Haus einzudringen. Seit einiger Zeit wird überall geplündert. Es fehlt Ernst nicht an Phantasie, sich auszumalen, was passieren würde, wenn man ihn erwischte. Außerdem, wie soll er überhaupt reinkommen? Ernst stellt sich vor die Gartentür. Ich glaube nicht, dass noch jemand drin wohnt, und wenn ich erst mal drin bin, braucht ja keiner was zu merken, denkt er und wundert sich selbst über seinen Wagemut. Ich probier's. Mit dem Rücken zur Gartenpforte drückt er die Klinke runter. Natürlich verschlossen. Noch ein Blick auf die umstehenden Häuser. Kein Licht schimmert aus irgendeinem der Fenster. Wie die Häupter dunkler Fabelwesen heben sich die Giebel vom Himmel ab. Über keinem sieht man Rauchwolken aus dem Kamin steigen.

Deshalb wirkt die Gegend wie tot.

Merkwürdigerweise ist er nicht einmal nervös. Während seine klobigen Sohlen versuchen Halt zu finden und seine Hände einen geeigneten Punkt ausfindig machen, wo er sich festhalten kann, lässt Ernst unentwegt die Blicke schweifen. Der Schnee auf dem Gartenweg sieht wie Badeschaum aus, kein Menschenfuß hat in letzter Zeit hier Spuren hinterlassen, dafür hat eine Menge Katzenpfoten eine Art von Trampelpfad gebildet.

Er zieht einmal kurz an dem eisernen Stab, der vermutlich die Glocke drin in Bewegung setzt, seine Augen, die sich an die Dunkelheit gewöhnt haben, tasten die Hauswand nach einem Namensschild ab.

Lauschen. Hörst du was? Hat sich nicht doch etwas im Innern gerührt? Nein, alles bleibt ruhig. Er hat es auch nicht anders erwartet, irgendwie sieht man einem Haus schon von weitem an, ob es bewohnt wird oder nicht. Er drückt die Klinke nach unten. Natürlich ist auch die Haustür verschlossen. Das Problem ist jetzt also, wie man ohne Schlüssel hineingelangt.

Einmal ums Haus herum. Dahinter ist noch ein Garten,

durch ein paar Nadelbäume und ausladendes Gebüsch vom nächsten Grundstück getrennt. Mitten in der Stadt ein Stück Garten zu haben, das muss ein Luxus sein. In dem Garten steht eine Figur, eine Art Statue mit erhobenem Arm, unter Schnee begraben. Einen Moment lang erschrickt Ernst, fasst sich aber schnell wieder.

Mit einem prüfenden Blick verschafft er sich einen Eindruck. Hier gibt es eine Treppe, die ein paar Stufen abwärts führt, daneben ein kleines Fenster, das aber vergittert ist und außerdem viel zu hoch. Bleibt nur die Tür an der Treppe.

Hier reicht der Schnee ihm bis zu den Knien, etwas davon ist schon in die Schuhe gefallen. Eine einfache Holztür ohne Fassung, stellt er fest. Herr des Himmels, Ernsts Atem geht jetzt schneller vor Aufregung. Wenn ihn jetzt einer entdeckt! Noch nie in seinem Leben ist er in ein fremdes Haus eingedrungen.

Ich will ja nichts wegnehmen, beschwichtigt er sein Gewissen und hofft dabei, sein Vater möge ihm nicht etwa von irgendwo jenseits des dunklen Himmels zusehen. Es geht jetzt nur darum, hineinzukommen. Die erste Tür geht nach außen auf, und als er die erst mal geöffnet hat, probiert er sämtliche Schlüssel von seinem Schlüsselbund, um damit die zweite aufzukriegen.

Es ist gar nicht sonderlich schwer.

Trotzdem reißt er dabei einen Riegel aus seiner Verankerung. Geschafft! Im Flur muss er sich erst einmal an die Dunkelheit gewöhnen. Ein Streichholz, wo bekomme ich das jetzt her? Ernst stolpert über einen Stuhl und einen zu-

sammengerollten Teppich. Das jähe Geräusch erschreckt ihn. Als seine Augen sich an die Dunkelheit gewöhnt haben, nimmt er zwei hellere Rechtecke von offen stehenden Türen wahr. Eines davon führt in die Küche.
Hier wie auch an der Vorderfront sind die Verdunklungsrollos heruntergelassen. Nach einigem Tasten findet er die Schnur und lässt das Rollo ganz langsam nach oben gleiten. Ein schwacher Lichtschein. Das muss wohl das Wohnzimmer sein. Seine Hände streifen über den Bezug eines Sessels. Es fühlt sich wie Samt an. Er stößt bei seinem Gang durch den Raum an eine offene Schublade, nimmt schemenhaft wahr, dass Kleidungsstücke oder Spinnstoffe auf dem Boden verteilt liegen, eine große Unordnung scheint hier zu herrschen, die darauf deuten lässt, dass jemand in großer Hast aufgebrochen ist.
Von oben kommt ein Geräusch. Himmel, da ist doch nicht etwa noch jemand. Kleine Schritte. Ein ganz leises Klirren. Wenn ihm da draußen in der Diele plötzlich jemand gegenüber träte, was würde er da machen. Vor Schreck lässt er sich auf eine Sitzfläche fallen und spürt, wie die Knie zittern. Das kommt davon.
Nein, es war wohl doch nichts, vielleicht der Wind, Mäuse oder das Ergebnis seiner überreizten Nerven. Hinter der Tür stehen zwei gepackte Koffer, registriert sein Verstand. Er sollte nun lieber wieder gehen, auch wenn bis jetzt alles gut gegangen ist. Wenn er das Rico erzählt!
In der Halle ist keiner, auch nicht auf der Treppe, die ins Obergeschoss führt. Flüchtig tasten seine Hände die Borde und Regale in der Küche nach Essbarem ab. In den Fächern

an der Wand gibt es Gläser, die sich voll anfühlen und beim Schütteln glucksen.
Scheibe bei Glatz, so etwas wie Eingemachtes. Gleich mehrere Exemplare nebeneinander. Ein langes, schmales Glasgefäß mit eingemachten Renekloden versucht Ernst vergeblich in die Manteltasche zu stopfen.
Das nennt man »plündern«, sagt ihm eine Stimme. Gerade das hast du doch nicht gewollt. Außerdem, wer plündert, landet hinter Gittern. Es ist doch nur Mundraub, man versucht ja nur durchzukommen, schließlich hat sein Magen heute noch nichts weiter intus als ein paar eiskalte Kartoffeln. Dieses eine Glas, mehr nicht. Unter den Mantel stopft er es sich, zwischen Unterzeug und Hemd und schnallt sich dann den Gürtel ein Loch enger.
Still! Da sind wieder Explosionen, genau wie gestern um die Zeit. Mal leiser, mal lauter. In unregelmäßigen Abständen. Ernst lauscht noch einen Augenblick. Das hört sich nicht mehr weit an. Auch wenn er noch nicht viel Erfahrung hat – etwa dreißig Kilometer.
Ich muss weg! Ich mach mich aus dem Staub.

Weißt du, die liefen nicht wie normale Menschen

Draußen ist es immer noch eiskalt. Und das ist noch nicht alles. Ein Geräusch lässt ihn an der Hausecke stillstehen. Energische Schritte, ein Getrampel, das trotz des Schnees deutlich zu hören ist. Als er seinen Kopf um die Ecke schiebt, knallen ihm die Stiefelschritte förmlich ins Ohr. Sie gehören einem Trupp von Uniformierten, vier Mann hoch. Konnten nur Uniformierte sein, so läuft sonst niemand.

Ein Schrecken nach dem andren. Wenn die jetzt auf die Idee kämen, dieses Haus zu besetzen. Dabei friert er an den Füßen und dieses verdammte Glas nimmt sich auf seinem Unterhemd aus wie ein Eisbeutel. War wohl eine Schnapsidee.

Vorbei, sie sind noch mal vorbeigelaufen. Ernst sieht sich um. Leer und verlassen liegt die Straße wieder da. Sein Fahrrad ist gottlob auch noch auf seinem Platz.

Jetzt hat er die Zeit doch verbummelt, es ist schon nach sieben. Das wird mit an Sicherheit grenzender Wahrscheinlichkeit Ärger geben. Ist mir egal, denkt Ernst, heute ist mir das egal. Sollten sie sich doch wieder irgendeine Strafaktion einfallen lassen.

Wenn man Pech hat, gibt es einen Tag Arrest, überlegt Ernst, während er versucht in dem zermahlenen Schnee zu radeln, wegen selbst verschuldeter verzögerter Rückkehr zur Truppe. Vielleicht fragen sie auch nach dem Attest, dessentwegen er angeblich einen Arzt aufsuchen wollte.

Na, dann hat eben die Praxis heute gerade Ruhetag. Wahrscheinlich wird er dafür morgen zehn Pfund Kartoffeln schälen müssen. Es kann einem auch blühen, dass man nachts stundenlang allein in der Affenkälte die verdammten Kanonen bewachen muss, so wie kürzlich Karl Graupner. Der arme Kerl hat sich bei der Gelegenheit die kleinen Zehen erfroren. Der Gedanke, wenn's zu dicke kommt, abzuhauen, lässt Ernst eine Weile nicht los. Den Strohsäcken Adieu sagen, den eiskalten, bellenden Flakrohren Adieu sagen, ebenso wie der Gulaschkanone und ihrem Ekel erregenden Inhalt oder dem Geruch nach Fußschweiß und Angst, der die ganze Baracke erfüllt. Das war die Rettung. Elendes, elendes Dasein.
Über dem Fluss hat sich Nebel gebildet und die feuchte Kälte, die über der Stadt liegt, beißt ins Gesicht und dringt durch alle Schichten durch. Eiskristalle kleben ihm am Mantelkragen, da, wo sein Atem auf Stoff trifft, und an den Augenbrauen. Es ist so duster in den Straßen, dass man ständig Gefahr läuft, an den Bürgersteig zu rempeln und umzukippen. Am Ende der Kohlenstraße angekommen, hält Ernst einen Moment inne, um sich zu schnäuzen, da gerät etwas in sein Blickfeld, das ihn festhält.
Plötzlich sieht er vor sich um die Ecke der Kohlenstraße in Richtung der Kasernen einen seltsamen Zug von Menschen. In der Dunkelheit kann Ernst nur erkennen, dass es viele sind, die stumm, in langen Reihen vorübertaumeln. Kann das eine Täuschung sein, dass die von ein paar anderen mit Stöcken oder Gewehrkolben angetrieben werden? Ernst glaubt Schreie zu hören. Die unheimliche Szene dau-

ert gewiss nicht länger als eine Minute. Es müssen hundert oder auch hundertfünfzig Menschen gewesen sein, die da wie in einer Geisterstunde aufgetaucht sind, um gleich wieder zu verschwinden. Ernst starrt noch immer in die Richtung, als nichts mehr von all dem zu sehen ist, nur noch ein blassblaues Licht, das zwischen den Häuserfronten schwebt und sich auf der Netzhaut in kreisende, kleine Kobolde verwandelt, die einen irreführen können. Hat er sich das nur eingebildet, den Zug von Gefangenen, und wenn es Gefangene waren oder Gefängnisinsassen, wohin wurden sie zu dieser Stunde bloß getrieben, in der man keinen Hund vor die Türe jagen würde.

Ihm kommt ein Name in den Sinn, Groß-Rosen, der Name eines Konzentrationslagers, das nicht allzu weit entfernt von hier liegen soll. In Ernsts Familie war kein Wort darüber gefallen, aber seine Kameraden hat er darüber reden hören. Wo hatten die bloß ihre Informationen her? Es hieß, dass die Nazis dort politische Gefangene und Juden eingebunkert hätten. Jetzt sei das Lager geöffnet und sämtliche Insassen nach Westen, in Richtung Cottbus in Marsch gesetzt worden. Ist ja möglich, auch wenn man's schwer glauben kann. Überhaupt ist es schwer, zu unterscheiden, was man noch glauben kann und was nicht.

Als Ernst endlich an der Oder ist, sieht er plötzlich am ganzen Himmel Christbaumbeleuchteung. Mensch, wo kommt die bloß her? Und dazu noch an der Oderbrücke, so weit man sehen kann, Kampfeinheiten. Kalt und heiß läuft es Ernst den Rücken runter. Es hilft nichts, er muss da mittendurch.

Überall Kettenhunde, die jeden aufhalten. Ernst auch.
»Halt, wohin wollen Sie?«
»Zur Flakstellung«, antwortet Ernst gottergeben.
»Nummer?«
»Zwo-zwo-neun Strich sieben.«
»Ausweis!«
Ernst hat das Fahrrad in den Schnee gelegt und sucht nach seiner Brieftasche. Hoffentlich filzen die ihn nicht auch noch, denkt er mit Schrecken an das Einweckglas auf seinem Leib, wie ein Fötus im vierten Monat steht es ihm vornweg.
In das Gesicht vor ihm fällt der Schein einer Taschenlampe. Immer wieder das gespenstische Wechselspiel von Schatten und Licht.
»Mensch, und warum bist du nicht, wo du hingehörst?«, keift ihn die Uniform an.
»Ich hatte frei«, stottert Ernst und erzählt dem Mann mit dem Schattengesicht die Geschichte mit dem Familienasthma und den dringend erforderlich gewordenen Medikamenten.
Verächtliches Schnaufen. »Mensch, nun scheren Sie sich aber! Wir sind hier mitten im Krieg und keiner hat mehr seinen Posten zu verlassen, kapiert?«
Ernst wagt kein Gegenwort, als der ihm seinen Ausweis wieder aushändigt, sieht aus dem Augenwinkel, wie die Patrouille andere Leute anhält, sich Papiere zeigen lässt, mit den Armen eine unüberwindliche Schranke formt. Hier ist die Stadt zu Ende, heißt das, auf der anderen Seite der Brücke ist Feindesland.

Am besten, man zieht den Schwanz ein und nickt zu allem, was die sagen. Und trollt sich, so schnell es geht.
Am Eingang zum Barackenlager nochmals die gleiche Prozedur. Als hätte der Truppführer ihn abpassen wollen.
»Ein bisschen Laufschritteinlage, wenn ich bitten darf. Sie werden hier schon dringend erwartet. Oder denkste: Blinder Eifer schadet nur!?«
Die wissen nie, ob sie einen Gymnasiasten siezen oder duzen sollen. »Du meldest dich sofort zum Dienst, aber morgen werden wir noch ein Wörtchen miteinander reden.«
Unter den vielen absonderlichen Dingen, die man in den letzten Zeiten beigebracht bekommt, hat Ernst auch die Kunst der Verstellung gelernt. Einen Schinder, dem man am liebsten eine Faust in die Visage geknallt hätte, strahlt man dienstbereit an. So wie eben. Alter Stinkstiefel, denkt sich Ernst, knallt aber die Hacken zusammen.
»Und was das Fahrrad angeht«, sagt der Kapo und drückt die Heldenbrust ein paar Zentimeter nach vorn, »das bleibt hier in dem Unterstand, Ernst Schlawe, und der wird abgeschlossen.«
Warum bloß bei allem, was gesagt werden muss, diese Lautstärke? Zu Hause hatte stets ein wohltemperierter Ton geherrscht. Mit lauter Stimme sprechen oder gar schreien war nach Vätis Ansicht ein Zeichen für ungebildeten Pöbel. Und genau zu dem Pöbel zählt dieser Spieß in Ernsts Augen auch. Was sind das überhaupt für Menschen, die jetzt allenthalben den Ton angeben? Die einen sind die reinsten Verwaltungsautomaten, die anderen scheinen richtige Sadisten zu sein oder einfach durch die Dienstzeit verschlissene Ty-

pen, die ständig nach unten treten müssen. Der Gruppenführer, das ist Ernst längst klar, ein ehemaliger Dorfschullehrer und nunmehr Gefreiter des Führers, leidet gewiss unter seiner geringen Körpergröße. Dass er kein Siegfried ist, lässt er an den Flakhelfern aus. Besonders an denen, die eher dem Idealtyp der arischen Rasse entsprechen.
Aber fast noch schlimmer ist der Leutnant, der gelegentlich hier im Lager auftaucht, denkt Ernst. Anfang zwanzig, schlanke Gestalt, blasse Augen unter blonden Wimpern und eine Art nass-forscher Arroganz am Leib, die sich in schikanösen Kontrollen und Befehlen äußert. Seine Kommandos gleichen dem Krähen eines Hahnes.
Väti hatte ganz Recht mit dem, was er vor Jahren sagte: »Hochgefährlich sind die, die der Nationalsozialismus geistig und ideologisch total vereinnahmt hat. Diese Mischung aus Größenwahn und Menschenverachtung, noch gepaart mit Härteidealen ergibt den erwünschten nationalsozialistischen Führertyp, den Herrenmenschen, von dem immer die Rede ist.« Damals hatte er Vätis Menscheneinschätzung noch misstraut.
Was kann man solchen Typen schon entgegensetzen? Doch gar nichts. Klassische Bildung zählte doch in deren Augen nichts. Humanismus ist ihnen eher ein Dorn im Auge und so etwas wie christliche Nächstenliebe verachteten sie ganz einfach.
Während Ernst an der hinteren Barackenseite entlang durch den tiefen Schnee stapft, wird ihm schwer und immer schwerer ums Herz. Und hat sich hier etwa, wie großartig in der HJ verkündet, Treue oder gar Freundschaft zwischen

den Klassenkameraden entwickelt? Oder wenigstens etwas wie Stubengemeinschaft? Wohl kaum. Außer mit Rico und Friedemann. Und bei Rico ist es etwas anderes, ihre Freundschaft war einfach von Anfang an da gewesen.

Als Ernst in der Stube auftaucht, liegen und sitzen die Jungs auf den Strohsäcken, lesen oder dösen stumpf vor sich hin und die Luft im Raum ist zum Zerschneiden, wenngleich einigermaßen warm.

»Ich bin heilfroh dich wieder zu sehen«, begrüßt Rico ihn. »Was los gewesen?«

»Nicht viel, in der Wachstube herumgehockt, geplagt von dem, was wir zu hören und zu sehen bekommen.«

»Und was war das?«, fragt Ernst und klopft Rico auf die Schulter.

»Lauter begonnene und nicht zu Ende erzählte Gruselgeschichten.«

Rico beugt sich vor und macht Ernst Zeichen, näher zu rücken. »Zwei Fahnenflüchtige sollen sie aufgehängt haben, hast du in der Stadt davon was mitbekommen?«

Ernst schüttelt den Kopf.

»Außerdem müssen die dabei sein, ganze Straßenzüge in die Luft zu sprengen, am Ketzerberg sollen sie schon damit angefangen haben.«

Das Gespräch wird für eine Weile unterbrochen durch eine Hustenkanonade, die vom Nachbarlager kommt. Glauch, der sich schon seit Wochen mit diesem entsetzlichen Husten plagt, läuft erst rot und dann fast violett an. Ernst verzieht das Gesicht. Allein das Geräusch könnte einen wahnsinnig machen. Und das andere erst, wenn Glauch seinen

Auswurf platziert und ihn danach auch noch betrachtet in einem großen blauen Taschentuch. Rico, der seinen Strohsack direkt daneben hat, kann einem Leid tun. Als es ruhig bleibt, greift Ernst den Gesprächsfaden wieder auf. »Stimmt«, sagt er, »ich habe die Explosionen gehört, wusste aber nicht, was sie bedeuten.«

Rico macht ein ganz sorgenvolles Gesicht. »Hoffentlich ist unser Revier nicht auch dran«, sagt er düster. »Ich habe mir schon Sorgen gemacht wegen Mutter.«

»Deine Schwester wird schon für sie sorgen.«

Rico horcht Ernst weiter aus. »Erzähl mal, wie es jetzt aussieht.«

»Die Straßen sind schon alle abgeriegelt«, berichtet Ernst. »Die haben Berge von Eisenschienen und Steinplatten mitten auf die Fahrbahnen gewälzt.«

»Ein heller Wahnsinn!« Rico schüttelt den Kopf. »Ich hab heute in der Wachstube mitgekriegt, wie der Spieß mit irgendeinem vom Revier telefoniert hat. Es ging um den Bürgermeister, Doktor Spielhagen. Soviel ich mitgekriegt habe, soll er sich den Anordnungen der Wehrmacht widersetzen oder der NSDAP, man weiß ja jetzt gar nicht mehr, wer hier eigentlich das Sagen hat. Jedenfalls soll er die gesamte Stadtverwaltung gegen das vandalische Projekt mit den Sprengungen aufgewiegelt haben.«

»Der Bürgermeister ist der einzig noch vernünftige Mensch«, sagt Ernst und setzt sich neben den Freund. Die Bilder dieses Nachmittags drängen nach oben. »Weißt du, was ich noch gesehen habe?«, wendet sich Ernst mit leiser Stimme an seinen Freund.

»Stell dir vor, plötzlich kam mir so ein Zug entgegen, wie aus dem Nichts. Die Männer liefen in Sechserreihen, das heißt: Laufen ist nicht das rechte Wort, eher schleppten sie sich, für eine Weile nahmen sie die ganze Straße ein, kannst du dir das vorstellen?
Wer die waren, weiß ich nicht, auch nicht, wo die herkamen.«
»Wie sahen sie denn aus?«
»Das konnte man ja nicht sehen, weil es dazu zu dunkel war. Ein Zug, der nicht enden wollte, sage ich dir.«
»Das waren mit Sicherheit KZler«, bemerkt Ernst noch. »Weißt du, die liefen gar nicht wie normale Menschen. Ich muss immer dran denken, wie sie schwankten und taumelten, als wenn sie betrunken wären.«
»So geht es einem, wenn man physisch am Ende ist«, sagt Rico düster.
»Und das Schlimmste war«, fügt Ernst noch hinzu, »dass sie von den Aufsehern auch noch mit Stöcken geschlagen wurden. Irgendwelche Schweine schlugen einfach auf diese armen, wehrlosen Menschen ein. Diese Barbaren!«
Einen Augenblick lang schweigen die Freunde, bis Ernst sich noch einmal an Rico wendet. »Das Allerunheimlichste war, man hörte gar nichts, ganz lautlos zogen diese armseligen Gestalten vorüber, wie eine ganze Kompanie von Gespenstern. Wo kamen die bloß her und wo zogen sie hin?«
Ernst hat Mühe, sich von dem Eindruck des unheimlichen Schauspiels zu lösen.
»Sicher aus dem Gefängnis«, sagt Rico mit Bestimmtheit. »Das Gefängnis soll bereits so voll sein, dass die gar nicht

mehr wissen, wohin mit all den Gefangenen. Stell dir vor: Kriegsgefangene, Politische und Juden, wo sollen sie die bloß alle unterbringen?«

»Ich weiß auch nicht.«

»Ich sag dir, die bringen alle um die Ecke.« Wenn Rico spricht, werden seine Augen ganz schmal, mit einem Ausdruck von Hass darin.

»Wenn man das bloß wüsste«, antwortet Ernst. In seiner Stimme ist Angst.

»Und wenn man's wüsste, was würdest du tun?«

»Keine Ahnung«, sagt Ernst.

»Siehst du«, sagt Rico.

»Das würde doch keiner zulassen.«

»So? Wen meinst du denn mit ›keiner‹?«, bohrt Rico weiter.

»Die Wehrmacht«, sagt Ernst.

»Die? Die hat anderes zu tun, ihr laufen ja die Leute davon.« Ernst ist überrascht von dem entschiedenen Ton, in dem sein Freund spricht. Rico bewegt einen Finger, zum Zeichen, dass Ernst noch ein Stück näher rücken soll. »Soll ich dir verraten, was ich vorhabe?«

»Was denn?« Ernst schwant Schreckliches. Wenn man Ricos Miene betrachtet. Er hat doch nicht etwa vor jemand eine Bombe vor die Tür zu legen?

»Ich hau ab«, sagt Rico und nimmt die Zähne nicht auseinander.

»Ich lauf dem Popanz davon, bevor sie uns noch mehr antun können.«

Ernst betrachtet den Freund mit einem Ausdruck des Zweifels.

»Ich weiß, du hältst das für eine Ausgeburt meiner Phantasie. Aber ich meine es ernst.«
»Aber . . .«
»Ich weiß auch schon, wie«, setzt Rico hinzu. Hab keine Lust mehr, mich im Dienst anscheißen zu lassen von diesen Schindern und jede Nacht dieses Geheul mit anzuhören, bis sie uns eine Bombe auf den Kopf schmeißen.« Ricos Miene ist plötzlich nicht mehr die eines vaterlandstreuen Soldaten, sondern von einem, der verschlagen und voller geheimnisvoller Kenntnisse andere Wege geht. »Ich will weg«, sagt er noch einmal und dann mit Nachdruck: »Ich könnte dich mitnehmen.«
»Ich würde gern mitkommen, ich würde jedem hinterherrennen, der mich heil rausbringt«, erwidert Ernst spontan. Aber dann überwältigt ihn ein neues, heftiges Gefühl, das ihn die Versuchung widerstehen lässt. Er verkrampft sich. »Aber das können wir doch nicht machen.« Schließlich sind sie vereidigt, wenn das jeder machte: einfach die Kameraden im Stich lassen. Gönnerhaft schlägt Rico ihm auf die Schulter. »Au! Ich hab einen Krampf«, sagt Ernst und spreizt die Finger.
»Du Glückspilz.« Jetzt lacht Rico. »Das befreit dich heute gewiss vor der Nachtübung. Übrigens, wir sind in Zweistundenabständen zur Wache eingeteilt, ich bin um zwei Uhr dran und du um vier.«
Rico erhebt sich stöhnend. Ernst ebenfalls. »Und über das andere«, sagt Rico, »da sprechen wir noch. Brr! Wie mir graut vor dem Geackere in der Kälte.« Ernst starrt auf die gegenüberliegende Barackenwand, wo Gerhard Faust und

Fritz Eisner Karten spielen, und seine Gedanken eilen zurück zu dem Haus in dem verschneiten Garten, zu der Küche mit den Weckgläsern, und plötzlich fällt ihm ein, dass er ja das Plündergut immer noch an seinem Körper trägt. Das sollte nach Möglichkeit keiner zu Gesicht bekommen. Ob er den Freund in seine geheimnisvolle Entdeckung einweihen soll?

Eben lässt der Krampf nach.

Am Ende des Ganges streiten sich zwei, werden ganz laut, ohne dass man weiß, worum es geht, und Rico steckt den Kopf unter einen Jackenärmel. Rico hört sich die neuesten Nachrichten an. Aber zur Zeit herrscht Nachrichtensperre. Lediglich Evelyn Künneke singt das todtraurige Lied von der Nachtigall und gleich anschließend Zarah Leander, dass sie aus Liebe nicht mehr weinen will.

Friedemann ist auch eben aufgetaucht, um mitzuhören.

»Diese Weiber«, hört Ernst Rico abfällig sagen. »Die einfach so tun, als gäbe es Krieg, Tod und Belagerung nicht. Pfeift ihr nur weiter bis zum bitteren Ende!«

»Essen fassen!«, dröhnt es gerade durch den Raum.

»Wieder eine von diesen Kartoffelsuppen«, sagt Friedemann, »die keiner gekocht haben will.«

Das sind so die Genüsse der Heimatfront.

Und während sich die Jungs zur Kantine in Bewegung setzen, schubsen sie sich ein wenig, boxen einander in die Seite und erzählen sich, was sie dann machen werden, wenn die Russen kommen oder doch nicht kommen. Während in nicht allzu großer Ferne ein paar Flakgeschütze leise den Mond anbellen.

Nachtübung

Draußen hat es leise zu schneien begonnen. Gleichzeitig ist das Dröhnen und Wummern näher gekommen.
Nachdem der Fraß irgendwie die Kehle hinuntergerutscht ist und nun da unten in der Dunkelheit mit dem Magensaft ringt, als ginge es ums Leben, kennt Ernst nur noch einen Gedanken: die Renekloden. Zartgrüne, glänzende Früchte in gelbem Zuckersirup, bis ganz oben ist das Glas damit gefüllt. Nachher, wenn er allein auf Wache ist, wird er es öffnen. Natürlich wird er auch ein paar von den Früchten für Rico und Friedemann übrig lassen.
Rico rülpst. Und lacht entschuldigend.
»Wohl bekomm's!«
»Ich wär froh, wenn alles schnell gehen würde bis zur Kapitulation«, meldet sich Rico zu Wort.
»Ja, ja, ich auch«, sagt Ernst und zieht sich die Schnürsenkel auf, um den Schuh loszuwerden. »Aber kannst du dir vorstellen, dass die Heeresführung nicht bis zum letzten Moment kämpfen wird.« Er reibt sich die Zehen, die in grauen Socken stecken. »Verdammt«, sagt er, »juckt wie der Teufel.« Ernst starrt vor sich hin, ohne etwas wirklich anzusehen. Bei dem Wort »Kapitulation« fällt Ernst sein Großvater ein. Der hat ihm jedes Jahr zu Weihnachten ein paar Zinnsoldaten geschenkt. Mit denen haben sie »Die Schlacht an der Somme« gespielt. Einen Teil der Soldaten hatte Ernst weiß angestrichen, zur Tarnung bei Schneeschlachten im Winter. Keiner hatte ihn dazu angehalten und Großvater

war begeistert von Ernsts strategischem Talent. Dann haben sie noch »Kapitulation« gespielt. Im Ersten Weltkrieg, weiß Ernst von seinem Großvater, hatte die Heeresspitze kapituliert, als die feindlichen Truppen auf deutschem Boden zu kämpfen begannen. Demnach müsste Hitler längst aufgegeben haben. Wo die Russen jetzt doch schon zwischen Namslau und Oels standen.

»Wie willst du eigentlich aus Breslau rauskommen?«, fragt Ernst Rico. »An den Bahnsperren kommst du nicht durch, weil sie jeden dort kontrollieren.«

»Man muss ja nicht ausgerechnet durch die Sperren durch«, antwortet der Freund mit einem Ausdruck, als stehe sein Plan schon genau fest. »Aber lass uns darüber später reden.«

Er hat Recht, jetzt ist nicht der Zeitpunkt für lange Gespräche. Trotzdem beschäftigt Ernst der Gedanke an Flucht auf einmal mehr als alles andere. Geistesabwesend streift er die Uniformjacke ab und fährt in die Armlöcher einer Schafwollweste, genannt Nierenwärmer, die Mämmi ihm erst vor kurzem gestrickt hat. Die Wolle fühlt sich rau und kratzig an. Mämmi hat sie vergangenen Sommer in Oberschreiberhau von den Stacheldrahtzäunen gepflückt. Immer noch riecht die Wolle ganz tranig, obwohl Mämmi sie angeblich mehrmals gewaschen hat.

Seine Gedanken haben sich selbstständig gemacht. Man müsste jemand kennen, der ein Auto hat. Aber beim besten Willen fallen ihm nicht mehr als zwei Leute ein. Einer davon ist Onkel Edde, Mämmis jüngerer Bruder. Der ist mit einer Jüdin verheiratet aus wohlhabenden Kreisen, deswegen besaßen sie auch ein Auto, aber seiner Frau zuliebe ist Onkel Edde schon neununddreißig ausgewandert, man hat seitdem nichts mehr von ihm gehört. Der fällt also aus. Der zweite Autobesitzer ist Ernsts Schwager Walther, der als Stabsarzt an der Ostfront ist wie Hanne. Seinen Adler hat die Wehrmacht wie alle Autos vor zwei Jahren annektiert. Wie eine Wurstpelle sitzt die Uniformjacke jetzt über der Weste, ein scheußliches Gefühl, aber dafür warm. Rico legt sich ein Stück Katzenfell in die Stiefel.

»Ich erfrier mir nicht gern die Zehen«, erklärt er.

»Du denkst aber auch an alles«, sagt Ernst anerkennend, »ich würde auch mit Abstand lieber an einem warmen Ofen sitzen als da raus in die Hundekälte.« Ernst hat sich noch einmal vergewissert, dass das Weckglas mit den Reneklоden sicher am Fußende seiner Matratze lagert. Während der Übung wird wohl kaum einer die Betten kontrollieren. Er streicht noch einmal möglichst unauffällig über die graue Decke. Wenn einer genau hinsieht, könnte er die Beule erkennen. Die Jungs stehen schon eine Weile fertig angezogen und ohne noch viel miteinander zu reden im Gang herum, als der Leutnant, ohne anzuklopfen, den Raum betritt.

»Der gemütliche Teil des Abends ist jetzt beendet«, bellt er in den Raum. »Alles fertig für die Nachtübung?«

Von den Lagern spritzen noch einige zerknittert und blass aussehende HJler hoch, Faust und sein Kumpel lassen so geschwind wie bei einem Taschenspielertrick das Kartenspiel unterm Bett verschwinden. Schon im Barackengang formiert sich der Haufen zum Zug, der am Eingang an dem nervös zuckenden Auge des Truppführers vorüberdefiliert.

»Ach du Gebenedeiter«, hört Ernst denjenigen, der hinter ihm läuft, sagen, »mir fehlt ein Knopp!«

Trotz des Ernstes der Lage müssen ein paar laut lachen.

»Was gibt's da zu lachen?«

»Ach rein nischt, Herr Leutnant, bin nur gestolpert.«

»Na, wenn dir dein Humor nur erhalten bleibt!«

Der Leutnant, frisch von der Kriegsschule, schon fast zu spät für diesen Krieg, war angewiesen diesen Haufen von albernen Pennälern mit der Handhabung der Panzerfaust vertraut zu machen, neben den Übungen an den Flakgeschützen und dem genialen Malsigerät. Bring mal einem Kind bei, wie es mit so einer Miniraketenwaffe umzugehen hat. Ihre Reichweite beträgt dreißig Meter, eine Entfernung, die jeden, der sich das vorstellt, mit gelindem Grausen erfüllt. Dabei wird von Tag zu Tag wahrscheinlicher, dass man so ein Ding demnächst tatsächlich auf einen russischen Panzer abdrücken muss. Vorläufig jedoch, heute Abend, geht es erst einmal darum, dass die Knirpse einen Begriff davon bekommen, was sie im Gelände erwartet, falls nichts Unerwartetes dazwischenkommt. Es ist heute eine Nacht, in der man nicht mal einen Hund vor die Tür jagen würde. Dunkel wie die Unterwelt und mit einer Kälte, die einem durch sämtliche Poren kriecht. Gleichgültig und wie automatisch läuft jeder hinter seinem Vordermann her.

Hinter den Baracken liegen ein paar Lagerräume und ein kleineres Gebäude, das den Oberen als Büro und Verwaltungsraum dient. »Rechts rum!« Die Stimme des Leutnants klingt merkwürdig leise in dieser Schneenacht, die alle Geräusche dämpft. Eigentlich hat er überhaupt keine Lust mehr, sich zu bewegen, stellt Ernst bei sich fest. Der Haufen hat sich schon bis in die Mitte des Hofes bewegt und kommt dort zum Stillstand. Hinter ihnen erhebt sich ein verschneiter Hügel mit zwei schwarzen Puffern, wohl das Ende einer Gleisanlage. Von den Gleisen ist jetzt aber nichts mehr zu sehen. Alles liegt unter knietiefem Schnee begraben.

Links im Gelände ragt das schwarze Gerüst eines Krans in den Himmel wie der Hals eines urtümlichen Sauriers. »Immer einen halben Meter Abstand von Mann zu Mann«, befiehlt der Leutnant.

»Also stellt euch vor, die russischen Panzer wären westlich von euch bis zur Oder durchgebrochen, dazwischen gibt es zwar immer noch deutsche Truppen, die sich an ihnen vorbei absetzen, aber ihr stellt trotzdem fest, dass ihr in der Falle sitzt – was macht ihr?«

Atemwolken stehen in der Luft. Die Angesprochenen schweigen, keiner möchte den Anfang machen. Die meisten von ihnen überlegen fieberhaft, ob sie sich vorne, in der Mitte oder hinten halten würden. Vorne bekommt man sicher als Erster was ab, rutscht aber vielleicht auch als Erster durch. Auf die Mitte würde sich das Feuer konzentrieren. Eine Stimme aus der Dunkelheit meldet sich: »Herr Leutnant, ich würde mich für vorne entschließen.«

Die Beine der angehenden Soldaten trampeln unruhig den Schnee flach. Ringsum jetzt halblautes Gerede und Räuspern.

»Und wieso für vorne?«

»Na ja«, sagt die Stimme, »irgendjemand muss doch den Anfang machen.«
Wenn jemand dachte, diese Bemerkung sei zum Lachen, hat er sich getäuscht. »Ich meine, im Dienst für Adolf Hitler und das Deutsche Reich«, fügt er noch hinzu.
»So ein Idiot«, brummt Rico mit halblauter Stimme.
Es muss aber wohl die gewünschte Antwort gewesen sein, denn der Leutnant sagt: »Richtig gemacht.« Und dann fährt er fort: »Jetzt habt ihr einen Bahndamm vor euch, der Bahndamm ist hier, ihr seht also nur die nächsten zwei, drei Meter. Und plötzlich fluppt es hinter dem Bahndamm wie eine Batterie Sektflaschen auf und dann jault es auch schon heran und detoniert krachend, was ist das?« Die Schilderung des Angriffs scheint dem Mann offensichtlich Spaß zu machen. Wieder Gemurmel. »Maschinengewehrfeuer«, sagt jemand.
»Falsch, Granatwerfer, und was jetzt?«
»Ich krieg eiskalte Füße«, sagt einer rechts von Ernst.
»Sofort auf den Boden schmeißen«, quäkt eine hohe Stimme und rettet die Situation. Allgemeines verhaltenes Gelächter.
»Richtig!«, brüllt der Leutnant. »Verdammt, auf was wartet ihr noch? Ihr Selbstmörder! Los, rein in die nächste Ackerfurche, was steht ihr rum?! Das war ein Befehl.«
Ernst lässt sich in den Schnee fallen, die anderen Jungen rings um ihn auch. Wenn man den Kopf hebt, damit einem nicht Schnee in Nase und Mund kommt, sieht man nur noch ein paar kreuz und quer hingemalte schwarze Striche im Schnee.

»Flach machen«, brüllt der Kapo, »der Tanz beginnt. Los, ihr müsst jetzt robben.«
Wie soll man das denn, bitte sehr? Das soll er uns erst einmal vormachen.
»Bist du das, Friedemann?«
»Ja, ich bin's.«
Nebeneinander versuchen sie sich auf die Ellenbogen gestützt voranzubewegen. Schnee kratzt an den Wangen, eiskalter Schaum rieselt in den Spalt zwischen Kragen und Kehlkopf.
»Junge, hab ich die Schnauze voll.«
»Ich auch.«
»Schnauze!«
»Messerscharf rasieren jetzt die Granatsplitter über eure Köpfe weg«, schreit der Leutnant. »Also: Kopf runter!«
Kleinert hat seine Brille verloren, die sucht er jetzt im Schnee.
»Vorsicht«, ruft er mit ängstlicher Stimme, »bitte nicht drauftreten!«
Einige lachen albern, keiner hilft dem armen Kerl bei der Suche.
»Und jetzt«, befiehlt der Leutnant – »Aufspringen, laufen, hinwerfen, schießen, fallen, das Ganze zehnmal hintereinander. Los, los, und den Anschluss nicht verpassen.«
Keiner lacht jetzt mehr. Stöhnend und schnaufend sieht man Körper nach oben schnellen und wieder fallen.
»Ich kann nichts sehen«, jammert Kleinert.
»Warum bindet er sie sich nicht an 'ne Strippe«, lässt sich ein Kamerad verlauten.

»Ruhe«, brüllt der Leutnant, »Disziplin!«

Ich kann nicht mehr, denkt Ernst nur noch, und ich will auch nicht mehr. Erschöpft und völlig außer Atem, kommen nacheinander die Jungen vom Boden hoch. Als leuchtend helle Gebilde stehen die Atemwolken vor ihren Gesichtern.

Sprachlos, reglos bleibt alles eine Weile stehen und versucht wieder zu Luft zu kommen. Und jetzt nur ein paar Stunden schlafen, denkt Ernst, und dann wieder Wachtrupp. So ein Hundeleben. Verzweifelt wie schon lange nicht, richtet er seine Augen zum Himmel, umklammert mit beiden Armen seinen zitternden Körper und sieht wie ein Trostzeichen den ersten Stern dieses Abends aufleuchten. Im selben Augenblick beginnen auch schon die Sirenen ihr Aufsehen erregendes Geheul. Ein Stern, viele Sterne.

»Das sind russische Flieger!«, brüllt einer in heller Aufregung.

»Alle Mann ran an die Geschütze!«, befiehlt der Leutnant in dem unverändert gleichen Ton wie zuvor, jetzt wird es ernst. Es gibt tatsächlich welche, die sich vordrängen. Vielleicht um nun endlich unter Beweis zu stellen, was für Heldenkräfte in ihnen schlummern. Habicht, der schon im Fußballverein als Stürmer immer an vorderster Front lief, und Faust auch. »Lasst mich mal ran«, meldet sich Gustav Liebig. »Den ersten, den würde ich gern abpetzen.«

Ernst beobachtet die Schulkameraden aus der zweiten Linie, wie sie die Kartuschen reinschieben. Dass aus dem Übungsschießen einmal wirklich Ernst werden könnte, hat er sich einfach nicht vorstellen können. »Ziel einstellen –

und abschießen«, schreit der Leutnant. Der muss doch schon ganz heiser sein von der andauernden Schreierei. Das also ist sie, die heroenhafte Zeit, in der sie leben.
»Und was ist mit euch?«, faucht der Leutnant die Kameraden in der zweiten Reihe an. »Seid ihr hier etwa im Kriegsüberdauerungsverein?« Da antwortet tatsächlich einer: »Ich bin kein Held. Mein Vater ist am Kuban gefallen und meine Brüder warten auch auf den Heldentod.«
»Schnauze!«, herrscht der Leutnant ihn an.
»Herr Leutnant, ich kann reine nischt mehr sehen«, jammert Kleinert. »Weil ich hab doch vorhin meine Brille verloren.«
»Ja, ja du kleiner Feigling, du. Einige müssen ja übrig bleiben, damit es weitergeht. Ziel einstellen, abfeuern!«
»Wir haben sie nicht erwischt«, erklärt Faust, »die sind zu weit weg.«
»Ihr habt nicht richtig eingestellt«, ist die Ansicht des Leutnants. Keiner wagt dem zu widersprechen. Das, was Ernst für einen, dann mehrere Sterne gehalten hat, ist langsam und mit tiefem Getöse von rechts nach links über den Himmel gezogen, jetzt sind etwa ein, zwei Kilometer weit weg Detonationen zu hören.
Jetzt bomben sie die Stadt. »Wenn man da wäre, das wär glatt der Tod«, sagt jemand. Das geht unter im Lärm weiterer Detonationen. Man sieht jetzt einen Feuerschein im Osten. Dort brennt die Stadt. Ernst und Rico haben sich ganz nah aneinander gestellt.
»Viele sterben in diesem Augenblick«, sagt Ernst leise an der Seite des Freundes. Immer noch eine Kette von Explosionen.

»Viele sterben zu spät und einige zu früh«, erwidert Rico Ernst auf seine Bemerkung. »Aus Zarathustra, von Friedrich Nietzsche.« Und abgewandt von den Übrigen, sagt er dann noch: »Ja, und weil das so ist, deshalb solltest du dir's nicht lange überlegen, ich würd dich nur ungern hier zurücklassen.«

In dem Augenblick hört man den Leutnant sagen: »Das wär's wohl für dieses Mal. Wachhabende vor, die anderen können abtreten.« So leicht ist das für so einen. Ernst spürt, wie seine Knie zittern, und er hat den Wunsch, zu heulen. Nur mühsam unterdrückt er das Verlangen, sich Rico an den Hals zu werfen.

»Mann, hab ich Schiss gehabt«, teilt Friedemann Ernst mit. »Ich dachte, wenn wir einen von denen treffen und der runterkommt . . .«

»Wir haben ja gottlob nicht getroffen«, antwortet Ernst.

»Das lass mal bloß keinen von den anderen hören.«

Noch drei Stunden bis zur Wache. »Jetzt heiß duschen«, sagt Ernst sehnsüchtig, »und in ein weiß bezogenes Bett steigen.«

»Und außerdem was Anständiges im Magen haben«, setzt Friedemann in grimmigem Ton hinzu.

Ricos Kommentar: »Wenn ich mir vorstelle, dass das immer so weitergeht. Viermal zehn Stunden Dienst und dann einmal Nachturlaub. Und wieder und wieder Geländeübung, Arschabfrieren, Geländeübung, Gerätepflege . . . und am Ende knallen die uns doch noch ab, neh, das mach ich nicht mehr mit!«

In der folgenden Stunde erörtern die Freunde beim kränklichen Licht der Notbeleuchtung alle Möglichkeiten, abzuhauen, oder, wie das im Amtsdeutsch heißt: sich von der Truppe zu entfernen.

Gegen drei Uhr morgens hat es aufgeklart. Dabei ist die Temperatur noch um ein paar Grad abgesunken. Die Arme fest an den Körper gepresst, um einigermaßen die Körperwärme zu halten, die Hände in die Jackentasche vergraben, läuft Ernst einige Runden, um warm zu bleiben. Der zweite Wachdienst hat sich in dem Wächterhäuschen verschanzt, in dem es aber nicht um ein Grad wärmer ist.
Nur ein Blick hinauf in den Sternenhimmel rettet einen vor dem Verzweifeln, denkt Ernst. Da ist der Große Bär und der Sternenhaufen über der im Feuerschein liegenden Stadt, das müssten die Plejaden sein. Er kann sich nicht erinnern, wann man die Milchstraße zuletzt so deutlich zu sehen bekommen hat.
Als Hanne sein Teleskop geschenkt bekam und nach dem Auspacken die Einzelteile zum ersten Mal zusammenschraubte und das himmlische Gerät aufstellte, da durfte auch Ernst einen Blick durch das Okular in die klare Hochsommernacht werfen. Hanne stand daneben und wachte darüber, dass der kleine Bruder nicht durch Hin- und Herschrauben oder unsachgemäßes Verbiegen der Linse Schaden anrichtete.
Damals war der Mond über der Kreuzkirche aufgestiegen und Ernst war er riesengroß und wie aus nächster Nähe erschienen. »Du müsstest jetzt die südliche Halbkugel im Blickfeld haben«, hat Hanne ihn leise auf die Reise ge-

schickt. »Siehst du die vielen Krater?« Tief beeindruckt von dem Bild, das sich ihm in dieser Deutlichkeit bot, stand Ernst lange Zeit im Zimmer seines Bruders. »Das große dunkle Loch, das ist das Mare Imbrium«, hatte Hanne ihn aufgeklärt. »Die Durchmesser so eines sichtbaren Kraters betragen zwischen fünfzehn und vierzig Kilometer.« Hanne wusste wahrlich alles. Warum die einzelnen Sternensysteme da sind und weshalb sie so unregelmäßig im Weltall verteilt sind.
»Weißt du, dass sie alle paar hundert Millionen Lichtjahre so nah zusammenrücken, dass man sie wie eine einzige Mauer wahrnimmt, so wie wir beide eben, wenn wir ganz nah beinander stehen von weitem betrachtet wie eins aussehen.« Sogar an Hannes Geruch kann Ernst sich erinnern, nach Pfeifentabak – süß und würzig. Sein Bruder hätte genauso gut Astronom werden können wie Arzt, obwohl ihn das höchstwahrscheinlich nicht vor dem Einsatz an der Front gerettet hätte. Wo magst du jetzt bloß sein, Bruder?, geht Ernst durch den Sinn. Und Mämmi und die Schwestern, wo waren sie in diesem Augenblick wohl? Was für ein beängstigendes Gefühl, wenn du plötzlich keinen Verwandten mehr hast, in der Stadt, in der doch schon deine Großväter und Urgroßväter groß geworden sind. Rico tut sich leichter. Seine Verwandtschaft ist bis jetzt in Breslau geblieben, Mutter, Großmutter und eine Schwester wenigstens, von Vettern war auch schon einmal die Rede. Jemine, wen hab ich denn hier noch?, fragt sich Ernst in dieser einsamen Nachtstunde und das Empfinden, ganz allein auf sich gestellt zu sein, verschlägt ihm für eine Weile fast

den Atem. Und was für ein Leben ist das bloß. Man wird nur noch von Befehlen, Anordnungen und Verboten in Bewegung gehalten.
Doch gleich darauf redet Ernst sich ein, dass er den Gefahren gewachsen ist, die ihn umgeben, weil er an dem Leben hängt, von dem er bisher noch nicht viel gehabt hat. Er hätte auch noch Gelegenheit, zu Marlene und ihren Eltern zu gehen, wenn alle Stricke reißen. Plötzlich sieht er Studienrat Krappitz vor sich, seine erschreckte, traurige Miene, als er ihre Prüfungsarbeiten einsammelte. Ob er in diesen Zeiten noch Unterricht hält? Die Pimpfe bis zur Obertertia mussten ja schließlich noch keinen Kriegsdienst leisten, außer vielleicht Schanzen und Barrikaden errichten. Dass Krappitz ihm nicht eher eingefallen ist. Zu ihm hatte er ja von Anfang an ein ganz passables Verhältnis.
Aber unter Beweis gestellt hatte sich das nie.
Ernsts Auge bleibt an einem Ende der Dunkelheit kleben. Was bleibt, ist doch die Angst, am Ende ganz allein zu sein am Rande der bewohnten Welt. Der Wunsch, sich jemand mitzuteilen, wird auf einmal so drängend, dass Ernst seinen Wachdienstkameraden, der neben den Geschützen eingenickt ist und den er gar nicht näher kennt, aufweckt, und auch wenn der ihn für übergeschnappt hält, in ein Gespräch zieht.
»Sag mal, ist dir nicht kalt, wenn du dich überhaupt nicht bewegst? Was schätzt du: Wie viel Grad unter null haben wir wohl? Ist still wie im Grab, nicht wahr, die Russen schlafen, unsere scheinen jetzt auch zu schlafen, irgendwann

müssen die ja mal schlafen, nicht wahr? Warum sind wir eigentlich noch hier?«

Der andere blinzelt verschlafen.

»Sag mal, ist dir nicht wohl? Was willst du eigentlich?«

»Was ich will? Gar nichts, nur heil raus hier aus diesem Krieg, das will ich. Ich will nicht erschossen werden, hast du noch alle deine Verwandten?«

Der andere murmelt irgendetwas von »feige« und von »seine Nerven behalten«. Da zieht Ernst sich endlich zurück und macht sich daran, noch ein paar einsame eiskalte Runden zu drehen wie ein Wolf in der Steppe. Als endlich die Wachablösung auftaucht, verblassen gerade im Osten die Sterne.

Hoffentlich auf Wiedersehen, Freund!

War das ein Traum, aus dem er hochschreckt? Fackeln loderten, der Bannführer sprach von heiliger Pflicht und über das Karree der Köpfe hinweg konnte Ernst das Rathaus sehen. Zur Vereidigung waren auch Väter und Mütter gekommen, die sich Tränen aus den Augenwinkeln wischten. Ja, wir geloben, dem Führer treu bis in den Tod zu dienen. Hinter geschlossenen Lidern konnte Ernst sich selbst stehen sehen und fast alle Personen, die sein Leben bisher begleiteten, sind erschienen. Er war gerade zehn und alle anderen waren alt und mächtig. Eine Szene verdrängt das Traumbild:

Jemand kommt gelaufen mit roten Plakaten in der Hand und schreit über die Menge hinweg:

»Sie haben unseren Bürgermeister erschossen! Hört ihr? Heute Morgen um sechs. Auch noch auf dem Ring, vor dem Denkmal Friedrichs des Zwoten.«

Ich träume, denkt Ernst, das sind nur Erinnerungen, und wenn ich will, kann ich jederzeit die Lider öffnen und mir alles erklären.

Jemand tatscht ihm mit den Fingern ins Gesicht und zieht ihm die Decke weg. Noch einmal versucht Ernst seinen Schlaf zu retten, aber es ist schon zu spät, jetzt spürt er, ist er schon in seiner Gegenwart. Das ist Friedemann, der vor seinem Bett steht.

»Mensch, warum weckst du mich? Es ist doch noch ganz früh.«

»Es ist gleich sechs, ich hab Küchendienst, euer Gesöff hab ich schon fertig.«
»Ja und?«
»Der Spieß hat schon Kaffee getrunken, da hat er es mir gesagt und ich musste es irgendjemand weitererzählen.«
Jetzt bemerkt Ernst, welche Pein in Friedemanns Gesicht steht. »Du hast vorhin wohl noch geschlafen – sie haben den Bürgermeister erschossen.«
Also kein Traum, sondern Tatsache.
»Bist du verrückt?«
Rico ist auch schon auf und mit einem Sprung auf den Beinen. »Weil er ohne Befehl die Stadt verlassen wollte, um sich anderswo eine Beschäftigung zu suchen.« Die nächtliche Botschaft setzt sich in Bewegung, macht die Runde in der Stube, in die anderen Stuben.
»Wer den Tod in Ehren fürchtet, muss ihn in Schande sterben«, sagt einer beim Frühstück. Einer, der den Nazis in den Arsch kriecht, wahrscheinlich, denkt Ernst. In Wirklichkeit ist es ganz anders. Da geht es um einen persönlichen Rachefeldzug des Gauleiters gegen den Bürgermeister. Weil der öffentlich die Verschwendungssucht des Gauleiters angeprangert hat, das ist der einzig wahre Grund. Riesenfeste haben die Bonzen gefeiert und immer auf Kosten der Stadt. Und dagegen hat Doktor Spielhagen Einspruch erhoben als korrekter, sparsamer Mann.
Und außerdem hat der Bürgermeister sich gegen das vandalische Projekt mit den Sprengungen gesperrt. Man weiß ja: um »neue Kampfräume zu schaffen«. Davon ist jeder Bürger betroffen, die ganze Stadt wollen die spren-

gen, das stelle man sich mal vor. Deswegen hatte er auch alle Breslauer auf seiner Seite. Mensch, und jetzt ist er tot, das muss ja bei der Bevölkerung einschlagen wie eine Bombe.

»Ein getarnter Mord«, sagt Rico.

»Geschieht ihm recht.«

Mensch so ein Scheißkerl, der Liebig.

»Passt bloß auf, was ihr sagt. Damit ihr nicht die Nächsten seid.«

»Ja, er hat ganz Recht. Wir müssen wirklich aufpassen«, sagt der Stoiker über seinen Muckefuck gebeugt.

Jemand hat mit dem Löffel gegen seinen Blechbecher geklopft.

»Ruhe!«

»Ruhe, der Spieß will was sagen.«

»Also, es werden hier ja einige Gerüchte verbreitet«, beginnt der Mann im Stehen. Ich möchte nur zur allgemeinen Kenntnis bringen: Die Partei ist über jeden Zweifel erhaben. Die weiß genau, was sie tun muss.«

Wenn dem Spieß dieses verdammte Grinsen doch einmal vergehen würde, denkt sich Ernst, während sein Maul lacht, erdolchen einen seine Blicke. Vor seinem inneren Auge taucht auf einmal die Szene in der Straßenbahn auf, als Gödela einstieg und sich neben ihn stellte und dieser Widerling sie beide die ganze Zeit über nicht aus den Augen ließ.

Der Spieß sagt: »Ihr müsst ja nicht alles verstehn.« Er sagt auch: »Was ihr nicht wisst, ist, dass wir der Rettung Breslaus mit Freude entgegensehn. Es sind nämlich bereits

zwei Panzerdivisionen von Böhmen hierher unterwegs, nicht wahr, Zugführer?«
»Ja, so ist es.«
»Damit wäre das Frühstück für heute beendet und jetzt an die Arbeit. Die Putz- und Flickstunde findet heute in einem Raum statt, Raum A wie Agnetendorf. Wir müssen Licht sparen. Das wär's.«
Das Trillersolo des Gruppenführers findet Ernst am heutigen Morgen enervierend.
Raum Agnetendorf ist nicht die Stube, in der Ernst und seine Freunde wohnen. Rico macht Ernst ein Zeichen, ihm zu folgen. Komm mit, ich muss dir noch etwas geben. Man konnte spüren, dass er das Leben in der Stellung schon nicht mehr ernst nahm.
In ihrer Stube riecht es säuerlich wie in einer Molkerei. Außer ihnen ist nur Opelka, einer von den Lehrlingen aus Oppeln, im Raum. Er dreht ihnen den Rücken zu.
»Also, was ist? Willst du mich begleiten?«
Ernst kann in Ricos Augen sehen, dass es ihm ernst ist mit dem Davonmachen.
»Glaubst du, so ein Reißaus ohne Sinn und Plan geht gut?«
Rico antwortet postwendend: »Ein Hierbleiben hat noch viel weniger Sinn.«
»Aber wenn es nun stimmt, das mit den Panzerdivisionen«, entgegnet Ernst zweifelnd.
»Bestimmt nichts weiter als ein Gerücht der Parteiortsgruppen, um die Bevölkerung bei der Stange zu halten«, sagt Rico. »Ich geb keine fünf Pfennig für solche Prophezeiungen. Kommst du mit oder nicht?«

Ernst windet sich. »Ich bin so durcheinander«, sagt er zu dem Freund. »Es kommt für mich zu schnell, geschlafen hab ich auch nur zwei Stunden.«

»Du bleibst also hier?«

Nach und nach füllt sich die Stube mit Kameraden. Ernst blickt sich um und nickt dabei zögernd. Jedes weitere Wort könnte jetzt für sie gefährlich werden. »Ich meine«, beginnt er trotzdem, »ich könnte ja nachkommen, in ein paar Tagen, vielleicht in einer Woche.« Da fällt ihm ein: »Wir könnten uns auch in dem leer stehenden Haus in der Nadlergasse treffen, vis-a-vis dem Uhrmacherladen.«

Rico nickt und Ernst fragt noch: »Wann willst du los?«

»Heute noch, wenn es dämmert.« Und als er den Schrecken in Ernsts Augen sieht, lächelt er den Freund an, aufmunternd.

»Mach kein Gesicht und nimm das hier, das ist, wo du mich findest.« Er steckt Ernst ein gefaltetes Stück Papier zu. Eine Adresse am Stadtrand.

»Und wenn du nicht bis dorthin kommst, weil alles gesperrt ist – steht noch eine zweite Adresse drauf. Lies es später, wir müssen jetzt Acht geben, Faust schaut schon.«

Ernst fährt sich mit der Hand übers Kinn, das ihn juckt, und lässt das Papier in seine Hosentasche gleiten. Dass der Bartwuchs sich augenblicklich mit Vehemenz einstellt, ist nicht mehr zu verleugnen, und dass man langsam darangehen muss, ihm mittels einer Rasur entgegenzuwirken, ist offensichtlich. Wenn man nicht gänzlich verkommen möchte. Einigen anderen Flakhelfern schien es genauso zu gehen, ein paar rasieren sich sogar. Hätte er bloß an den

Rasierapparat gedacht gestern, jetzt muss er jemand deshalb anhauen. Ernst greift sich seinen Rock. Rico setzt einen Schuh auf die Kante des Schlaflagers und fädelt den Schnürsenkel aus Löchern und Ösen. Am Besten ist es, ein dienstbereites Lächeln aufzusetzen, und einen Knopf, der zwar noch an der Jacke sitzt, aber bereits etwas lose ist, festzunähen. Denn wenn der Spieß solch einen Knopf entdeckt, reißt er den sofort von der Jacke. Es kann einem auch blühen, dass der Spieß den Rock zwar für einwandfrei befunden hat, der Zugführer aber danach trotzdem das bisschen Dreck daran entdeckt, das er braucht, um nachzuweisen, was für ein Ferkel man doch ist. Besonders dann, wenn ihm noch irgendjemand zu einem Sonderdienst fehlt.

Ernst setzt dreimal an, tastet auf der Unterseite mit der Nadelspitze nach den Knopflöchern, zieht den Faden nach oben, versenkt die Nadel in das nächste Loch und denkt während all dieser Vorgänge daran, wie es sein muss, wenn man flieht. Stellt sich vor über bröckelige Mauern hochzuklettern, sich in dunklen Räumen herumzudrücken oder quer durch den Südpark den Befestigungsgürtel der Stadt zu verlassen, den Busch und jeden Baum als Deckung nutzend, bis er draußen weit davor in der Ebene landet. Ob man sich durchschlagen könnte, allein und nur auf sich selbst gestellt? Und mit einem Ohr lauscht er dabei auf die Gespräche der Kameraden, wie sie sich irgendwelche obszönen Geschichten erzählen, die ihre Phantasie für sie erfunden haben mag, von großen Gläsern Schnaps, die sie irgendwo geleert haben, von

Weibern, die es mit jedem tun, und Vergewaltigungen der Rotarmisten in Kattowitz und Oppeln. Wie sie sich im Geiste mit der Gewalttätigkeit verbünden, um nicht umzukommen, und wie sie dabei die Sprache der Erwachsenen nachahmen, erfüllt ihn mit Abscheu und mit einem Gefühl, nichts, aber auch gar nichts mit ihnen gemein zu haben. Insgeheim aber empfindet er ihnen gegenüber eine Schwäche und Unterlegenheit.

Wenn Rico sich vor dem Kampf drückt und ihn seinem Schicksal hier überlässt, bringt er ihn damit in ganz schöne Verlegenheit.

Er sieht Rico ins Gesicht und denkt: Er ist schon unterwegs. Er war mein bester Freund, ob ich ihn wieder sehe? Plötzlich weiß er: Es ist gar nicht sicher hier. Ich fürchte mich. Ich fürchte mich vor den Tagen, die kommen. Vor dem Fliegeralarm. Vor dem Alleinsein. Vor der Grobheit der Kameraden. Ich fürchte mich davor, verfolgt und aufgegriffen zu werden. Ich fürchte mich davor, erschossen zu werden oder zu verbrennen. Er war mein bester Freund, und erschrickt bei dem Gedanken, dass er Rico schon in die Vergangenheit versetzt hat. Wie kommt es bloß, dass du gar keine Angst hast, oder zeigst du sie mir bloß nicht?

In diesem Augenblick hebt Rico die Augen und lächelt Ernst aufmunternd an.

»Ich hab euch ja gesagt, wenn es mal erst so weit ist, dann kriegen wir Wagenladungen davon«, erklärt der Truppführer den Flakhelfern und hält die Waffe mit beiden Armen in die Höhe, dass alle sie sehen können.

»Vorläufig haben wir leider nur diese eine, aber damit werden wir heute tüchtig üben. Ich verspreche euch: Jeder kommt mal dran.« Die Jungen betrachten mit Blicken, die wenig von ihren Gefühlen verraten, die Panzerfaust.
»Wer möchte als Erster mal ran? Vielleicht gehn wir der Einfachheit halber nach dem Alphabet. Abraham?«
Der kleine Dunkelhaarige, der angesprochen ist, läuft rot an, während er den Kopf schüttelt. »Neh, ich will mer nich die Finger verbrühn.«
Die anderen lachen. Das passt zu dem.
»Na dann eben der Nächste. Berthold. Kann mir einer von euch sagen, wie nah man rangehen muss an den Feind, um zu treffen?«
»Vierzig«, sagt Berthold, »vierzig Meter.«
»Kommst du eben nicht ran, da knallen die dich selber ab. Am besten du sitzt irgendwo hinter 'nem Fenster und feuerst ab, wenn die gerade vorbeifahren.« Faust schwingt wieder mal die große Klappe, so, als habe er bisher nichts anderes betrieben, als auf russische Panzer zu zielen.
»Dann muss man aber schnellstens aus dem Haus verschwinden«, mischt Opelka sich ein, »weil die nämlich keinen Stein nich auf dem andern lassen tun, wenn die erst wissen, von wo geschossen wurde. Ich würde ohne weiteres meine Panzerfaust auf die abknallen und dann was haste, was kannste davon.«
Sie reden sich heiß, reden sich schon zu Helden, während sie die Waffe in der Hand halten, sie heben und wenden und auf imaginäre Ziele anlegen. Bisher haben sie immer nur eine Panzerfaust aus Pappmaschee zum Üben gehabt,

da ist das eher wie ein Spiel gewesen, so ein Ding aus Pappe wog ja nichts – da war das hier schon was anderes.
»Ich sag euch, wenn ihr erst mal das Mahlen der Panzerkette hört, dann ist es aus. Nix mehr, Feierabend.«
»Mensch Rico, erzähl den Jungen keine Schauergeschichten«, meint Friedemann. »Wir tun ja hier erst einmal nur so, als ob . . .«
»Na ich weiß nicht, ich würde lieber laufen, wenn der Iwan kommt«, brummt Kleinert vor sich hin, aber so leise, dass nur Ernst und sein rechter Nachbar ihn gehört haben können.
Rico war wirklich verwegen. Sich auch noch während der Geländeübung zu Wort zu melden.
Gegen fünf Uhr ist jeder mal dran gewesen, es beginnt bitterkalt zu werden. Noch eine Runde drehn, hoffentlich die letzte für heute, dann schnell die nassen Klamotten an den Ofen gehängt, in eine Decke gewickelt mit der Mütze über den Ohren, und eine kurze Runde schlafen. Heute Abend um acht geht es weiter.
»Sobald es dämmert, geh ich«, hat Rico Ernst zugeflüstert. »Deshalb schon jetzt: Hoffentlich auf ein Wiedersehn, Bruder, Freund.«

Für die Nachwelt

Rico hatte einen Riecher. Weil er wirklich den besten Zeitpunkt für sein Vorhaben gewählt hat. Ein paar Tage später endet nämlich jeder reguläre Dienstbetrieb. Es bleibt gerade noch Zeit für eine hochoffizielle Standpauke: in der von Fahnenflucht die Rede war, von Vaterlandsverrat und Feigheit, vor dem ganzen stramm stehenden Verein.

Gerade setzt Fliegeralarm ein und der Wehrmachtssender meldet russische Panzerspitzen dreißig Kilometer vor der Stadt. Nach dem Abendessen heißt es: Fertig machen der Geschütze zum Erdkampf.

Draußen in der Nacht ein Himmel ohne Poesie.

Mit Pickeln sollen die Jungs jetzt Löcher schlagen in die granitharte Erde. Während Ernst sich unter Stöhnen mit den anderen abmüht die meterbreiten Schutzwälle abzutragen, muss er daran denken, wie sie diese erst vor ein paar Wochen mühselig errichtet haben. Die konnten damals dem Truppführer nicht hoch genug sein. Übermannshoch. Und jetzt soll das alles wieder auf einen Meter Höhe gebracht werden. Wenn das keine Schikane ist.

So ein Wahnsinn. Die Schaufeln sind das reinste Spielzeug beim Einsatz auf solchem Boden. Erschöpft richtet Ernst sich auf. Außerdem sind die Scheißhandschuhe nach einer halben Stunde glatt durch und die Haut an den Handflächen wund gescheuert. Man fragt sich nur noch zynisch, welcher Schmerz intensiver ist, der in Rücken und Schultern oder der an den Händen.

»Ich muss aussetzen«, wagt Ernst zu entgegnen, als er aufgefordert wird weiterzuhacken. »Ich habe Blasen an den Händen.«
»Er hat Blasen an den Händen«, mokiert der Truppführer sich. »Unser Mozartspieler hat Blasen an seinen aristokratischen Pfoten. Wozu gibt's eigentlich Heftpflaster? Wenn da jeder käme!«
Tränen treten Ernst in die Augen, vor Schmerz, vor Wut, wegen der Kälte. In diese widerliche Visage vor ihm würde er liebend gern seine zusammengeballten Fäuste knallen. Aber was bleibt, ist nur Hilflosigkeit.
Es ist schon spät, nach acht, als der Truppe gestattet wird für heute die Schippen und Spitzhacken niederzulegen. Der Wall hat schon fast die gewünschte Höhe. Ein paar Petroleumfunzeln werfen noch wüste, gespenstische Schatten in die mageren, verfrorenen Jungensgesichter.
»So, alle noch mal herhören! Bevor ihr's euch bequem macht, packt eure Sachen zusammen und bringt sie dort rüber in den Mannschaftsbunker bei den Geschützständen. In die gute Stube ziehen heute Nacht die Männer von der Waffen-SS, kapiert. Von denen könnt ihr noch was lernen.«
Ernst hat das Gefühl, heute Abend ganz klein zu sein, geschrumpft wie der Däumling. Und es ist ihm, als höre er draußen vor dem Barackenfenster jemand singen, ein ganz trauriges Lied mit einer klagenden Stimme. Aber das kann ja nicht sein, oder?
»Ist dir nicht gut?«, sagt der Stoiker zu ihm. »Hier trink erst mal was, Früchtetee, das hab ich in der Küche auf die Seite gebracht. Nimm einen ordentlichen Schluck, denkste, ich

lass dich verkommen. Und leg dich 'n bisschen hin, 'ne halbe Stunde Zeit ist bestimmt noch, bevor die Männer hier antanzen.«

Es ist kalt, in der Stube ist es saukalt. Und Ernst hat sich in die Decke gewickelt und zwei Pyramidon genommen.

Mensch, bis zum heutigen Tage ist er doch noch nie richtig krank geworden, außer der Mandeloperation letztes Jahr war doch nichts, warum denn jetzt gerade?

Trotzdem haben ihm der Tee und die freundliche Stimme von Friedemann ein wenig Wärme gegeben.

Ernst holt sein letztes Hemd aus dem Spind und legt es oben auf den Stoß. Keinen Koffer, hat der Spieß angeordnet, drüben in der Geschützbaracke ist noch weniger Platz als hier.

Also hat Ernst einen von seinen Gürteln um seine Sachen geschlungen. Das hier ist alles, was er noch hat. Es kommt ihm so vor, als würde es immer weniger. Fast neun Monate hat er in der Bude hier verbracht, das ist jetzt Vergangenheit. Auch recht, ich wein dem keine Träne nach, ist sein letzter Gedanke, als er zur Tür rausgeht. Dieser Anflug einer Krankheit, einer Grippe oder Ähnlichem scheint sich nicht weiter auszubreiten, dafür spürt er eine Benommenheit und Dumpfheit hinter der Stirn und ein Prickeln in allen Extremitäten.

Wenn er jetzt mit den anderen auf seiner harten, eingelegenen Matratze sitzt in der Pause zwischen Entwarnung und dem nächsten Alarm, weiß er überhaupt nicht mehr zu sagen, wie er sich fühlt. Ihm kommt sogar der Gedanke, dass er sich *nicht* mehr fühlt, und das macht ihm Angst. Oder ist es so, dass der Verstand in solchen Lagen das Gefühl abschaltet, weil es reiner Luxus ist?

Wäre ich bloß mit dir gegangen, Rico.

Wenigstens hat Friedemann ihm die Matte freigehalten. In der Ecke ist es zwar noch enger, und wenn er die Hand ausstreckt, kann er Kleinert unterm Kinn kraulen. Kleinert schreibt in ein Schulheft. Fährt sich dabei mit der Zunge ständig über die rauen, aufgeplatzten Lippen.

»Was schreibst du denn da?«

Erst jetzt sieht Ernst, dass Kleinert seine Brille wieder aufhat.

»Ich schreibe alles auf, was so passiert«, erklärt er, »wie wir hier leben und was wir alle Tage machen, wie die uns herumkommandieren, na ja und so weiter.«

Hinter den starken Brillengläsern scheinen die Augen des Jungen riesengroß und tieftraurig.

»Und wozu machst du das?«

»Eigentlich hab ich's für meine Mutter gemacht, aber vielleicht seh ich die nu nich mehr, weeß mer's? Und nu schreib ich eben weiter« – er lacht etwas – »für die Nachwelt.«

»Erzähl mal, was du gerade geschrieben hast.«

»Neh, das erzähl ich nich«, piepst Kleinert.

»Wieso nicht?«

»Du würdest bloß lachen.«

Eigentlich hat Ernst gar keine Lust, zu reden, aber da war diese Stumpfheit, diese Leere – solange man vor sich hin redet, spürt man sie nicht. Er sagt zu Kleinert: »Komm, komm, ich lach nicht.«

»Also hab ich hier beschrieben das Gefühl, wo du hast, wenn du 'ne Panzerfaust in der Hand hast, und wie es sein misste, wenn du se gebrauchen misstest.«

»Und wie müsste es sein?«, fragt Ernst.

»Iss wie ein Selbstmordkommando, glob ich.« Kleinert starrt ihm von schräg unten ins Gesicht.

Der hat genauso viel Angst wie ich, denkt Ernst, wahrscheinlich schreibt er sich seine Angst vom Leibe, da möchte er auch nicht weiter drin rumrühren. Um dem Gespräch eine andere Wendung zu geben, sagt er: »Schön, dass du deine Brille wiederhast, nicht wahr?«

»Is nich meine«, antwortet Kleinert, »ich hab se vom Spieß und der hat se von der Sammelstelle.«

Er setzt jetzt eine Miene auf, als sei das nicht für fremde Ohren bestimmt. »Weeßte, wo se all die Judenbrillen gesammelt haben, die se de Juden abgenommen haben. Aber man sagt besser nischt außer »Danke«. Ich verbrenn mer nich die Lippen.«

Er meint die toten Juden, das hat Ernst schon verstanden, die im KZ gestorben sind.

»Ich hab noch nie nich so viel Brillen oof eem Haufen gesehen«, berichtet Kleinert, »du kunntst der von hundert eene aussuchen.«

»Hauptsache, du hast wieder eine«, beendet Ernst das seltsame Gespräch.

Auf der anderen Seite wird es jetzt lebhaft. Einer von den Oberschlesiern ist zurückgekommen, Teczka heißt er, der hatte einen Sonderauftrag.

»Nu erzähl mal Josel, wie isses in der Stadt?«

Die anderen freuen sich ihn wieder heil zu sehen, besonders weil sie Neuigkeiten erwarten. Hier bekommt man ja nichts zu hören.
»Also, die Russen sin nu auch schon hier in der Stadt und man muss damit rechnen, dass se demnächst schon auf den Straßen kämpfen.« Der Tezcka erzählt es mit einer Mischung aus Verzückung und Angst im Blick. »Und ich hab mit einem geredet, bei dem waren se schon in der Wohnung, haben da alles geplündert und se ham drei Leichen zurückgelassen.«
Die anderen haben sich um den Jungen versammelt, mit aufgeregten Gesichtern. Das hier sind andere Neuigkeiten als die aus dem Volksempfänger. Wie der gesehen hat, wie eine ganze Karawane von Fuhrwerken mit Rindern, Pferden und anderem Viechzeug mitten über den Tauentzienplatz gefahren kam, lauter Bauern aus Neumarkt, die vor den Russen hergeflohen waren. Na ja, und außerdem will er noch gesehen haben, wie SS-Leute Jagd auf irgendwelche Deserteure machten. Angeblich sei auch in der Stadt die Nachricht von den deutschen Panzertruppen aus dem Raum Ungarn verbreitet worden. Nun käme es nur darauf an, wer eher da ist.
Die anderen hören zu und schweigen. Sie sind mit dem, was sie gehört haben, beschäftigt. Auch wenn man nicht recht weiß, ob alles, was dieser Josel von sich gibt, auch wirklich stimmt. Das meiste sind Gerüchte. Selber gesehen hat er nicht alles. Und Ernst tut sich außerdem noch schwer diesen breiten oberschlesischen Dialekt zu verstehen. Aber eines behauptet der steif und fest: dass die Russen

schon im Süden von Breslau sind, das bedeutet, in der Gegend seines Zuhauses. Das bedeutet weiter, dass die Wege dorthin abgeschnitten sind, vielleicht sind die Russen sogar schon drin in der Wohnung und reißen alles an sich, wenn sie's nicht am Ende kurz und klein schlagen. Der Teczka beendet gerade seinen Bericht mit der Behauptung, eine Gruppe von Männern und Frauen sei aus einem Laden herausgestürmt, bei dem die Scheiben nach einem Granateneinschlag zersplittert und herausgehauen waren, und die hätten die Manteltaschen und Rucksäcke ganz voll gehabt. Mit lauter aus dem Laden gestohlenen Sachen.
»Mensch, wenn mer da mechte dabei gewesen sein! Stellt euch bloß vor, Schoklade und Kognak vielleicht und Fleischkonserven, Zigaretten. Diese Schweine haben ja seit Jahren schon alles für sich behalten. Und unsereiner musste hungern.«
»Geschieht denen ganz recht.«
»Ich hätt's auch nicht anders gemacht.«
Sie haben sich heißgeredet. Haben sich in Gedanken auf die Seite der Plünderer gestellt, ohne mit der Wimper zu zucken. Wut und Heißhunger im Blick.
So weit sind wir jetzt schon, denkt Ernst. Und immer weiter gerät man nach unten und weiß überhaupt noch nicht, bis wohin man noch sinkt. Gut, dass Väti das alles nicht mehr miterleben muss.
Wie soll das bloß enden?

Freiwillige vor!

Inzwischen ist Zeit vergangen. Zehn oder elf Tage. Leerzeit. Man hat kaum geschlafen, so wie heute. Zweimal ist es zum Alarm gekommen und man konnte die Kartjuschas einschlagen hören, gar nicht weit entfernt. Und es hat eine Ewigkeit gedauert, bis sie Entwarnung gegeben haben. Aber auch in den Pausen dazwischen war in ihrer Höhle so ein Tumult gewesen, dass an Schlafen kaum zu denken war. Wenn nicht gerade einer im Schlaf vor sich hin gebrabbelt hat, hat ein anderer so entsetzlich geschnarcht wie 'ne Hitlersäge. Und Ernst hat sich zum x-ten Male verflucht, weil er nicht zur rechten Zeit den Mut gefunden hat, sich mit Rico aus dem Staube zu machen.

Überhaupt: Alles scheint in diesen Tagen eine Frage des richtigen Zeitpunkts zu sein.

Er will sich auf seiner Matte gerade noch einmal umdrehen, da stehen plötzlich vor Tau und Tag der Leutnant und der Truppführer mitten in der Mannschaftsbaracke. Schauen sich dabei um, als suchten sie jemand Bestimmten. Ernst muss sofort an Rico denken, aber da sagt einer von denen: »Wer von euch meldet sich freiwillig für einen Spähtrupp ins nächste Dorf?«

Vielleicht war das der richtige Zeitpunkt. Die Gelegenheit. Ob man sich melden soll? Auf jeden Fall würde es eine Abwechslung bedeuten von dem ewigen Lagereinerlei, den engen vier Wänden und dem verhassten Dienst an den Geschützen.

Noch ist Ernst im Zweifel mit sich.

Aber dann hat er zu lange gewartet, andere Hände schnellen hoch. Kanth, Mielke, Liebig, van Holst und noch ein paar Oberschlesier.

»Und du auch Kleinert. Für so was hast du gerade die richtige Statur.«

Der Finger des Truppführers bleibt auf Ernsts Nachbarn hängen, der ganz erschrocken auf die Beine springt.

»Ich?«

»Ja, dich meine ich.«

»Ich seh doch so schlecht.«

»Du kommst trotzdem mit. Bist dir wohl nicht im Klaren, dass diese Wahl eine Ehre für dich bedeutet.«

Wieso eine Ehre?

Die Jungen ziehen sich im Eiltempo an, stülpen sich im Gehen die dicken Ohrenschützer über und machen die Knöpfe ihrer Jacken zu. Wiedersehen, Jungs, kommt heil zurück. Die anderen, die zurückbleiben, sehen dem Zug mit gemischten Gefühlen hinterher.

Der Teufel muss los sein an diesem Morgen.

Auf die aus Richtung Sachsen heranjagenden eigenen Flieger eröffnen die Russen jetzt ein wahrhaftiges Feuerwerk und die gesamte Mannschaft muss ran an die Geschütze. Laden, entsichern, Abschuss.

Der Krach ist unbeschreiblich, der wird einen in den Schlaf verfolgen und überhaupt nie mehr im Leben loslassen. Ernst nimmt nur noch Ausschnitte wahr. Wie, durch die Schallwellen ausgelöst, sich plötzlich die Tannen am Rande ihrer Schneelast entledigen, wie einem Kameraden die Geldbörse aus der Tasche fällt und die Münzen in Sekundenschnelle im Schnee versinken. Einer lacht. Opelka fällt rücklings um, vom Rückstau aus dem Gleichgewicht geworfen. Es ist alles so komisch wie in den Stummfilmen mit Charlie Chaplin. Jetzt krabbelt Opelka dort, wo eben das Geld versunken ist, auf allen vieren herum. Dabei ist es gar nicht komisch. Eher zum Verzweifeln. Nach zwei Stunden hat Ernst jedenfalls das Empfinden, sein ganzer Leib sei gewendet worden wie ein Anzug. Das Einzige, woran er noch denken kann, ist: Ich kann nicht mehr. Ich habe die Schnauze so voll.

Jeder könnte kommen und ihn mitnehmen, ohne die geringste Gegenwehr. Dabei sind sie hier in der Flakstellung offensichtlich immer noch außer Gefechtsweite. Nur weit entfernt hat man ein paar Mal Geschosssplitter herunterprasseln sehen.

Kurz vor Mittag kehrt auf einmal Ruhe ein und am Himmel breitet sich eine eigenartige gelbliche Färbung aus.

Ein paar Minuten später beginnen plötzlich Kirchenglocken zu läuten. Der Wind muss von Osten kommen, wenn man das Geläut aus dieser Entfernung so deutlich hören kann. Am Himmel erscheint als unscharfer Fleck seit Wochen zum ersten Mal wieder die Sonne hinter einer dünnen Wolkenschicht.

Plötzlich schreit einer: »Kommt schnell.«

Ernst ist für einen Augenblick freigelassen. Sitzt auf einem Stuhl im Mannschaftsraum, um zurück zu sich selbst zu finden, und sieht durch das Fenster ganz beiläufig dem Zug

entgegen, der sich wie eine kleine schwarze Raupe durch das Weiß schiebt. Etwas in ihm will sich gegen die Verstörung wehren, die von Anfang an von ihm Besitz ergriffen hat. Das kann nicht sein!
Noch bevor er wirklich weiß, was er da sieht, ist ihm klar, dass jetzt der Zeitpunkt gekommen ist.
Heiliger, lass es nicht zu, ich kann nichts mehr ertragen. Sie ziehen einen Schlitten, nein zwei Schlitten. Haben sie die von hier mitgenommen, als sie an diesem Morgen aufbrachen? Die Schlitten sind beladen und sie sind schwer. Das kann man an der Art erkennen, wie die Leute davor sich ins Zeug legen. Zwei Mann ziehen einen Schlitten, je einer schiebt von hinten. Einer trägt eine Panzerfaust und läuft nebenher. Jetzt verschwindet der Zug hinter dem Tannenwäldchen.
Die Atemnot vor dem Moment der Gewissheit lässt Ernst anschwellen, er weiß, gleich wird er bersten, gleich wird er ohne Atem, ohne Stimme unter den Schlittenkufen liegen.
Die Kameraden gehen dem Zug langsam entgegen. Jetzt plustert sich keiner mehr auf. Auf dem Schlitten liegen Liebig und noch einer. Keiner hat sie auf den Tod vorbereitet. Nur auf ein Heldenleben. Immer haben sie davon geredet, einmal freiwillig ins Feld zu ziehen. Vorzeitig wollten sie Männer sein. Voller Hingabe haben sie den Worten des Fähnleinführers gelauscht und freudig ihren Dienst getan. Nein. Kleinert nicht. Kleinert wollte gar nicht mit und trotzdem haben sie ihn gezwungen. Ernst muss immer auf die gekrümmte Hand starren, die unter der Pferdedecke hervorschaut.

Wo haben sie in der Eile bloß die Decke herbekommen?
Jemand kommt hereingestürzt, öffnet den Spind und beginnt darin zu wühlen, dann stürzt er wieder hinaus und im Vorbeirennen ruft er Ernst zu: »Kleinert hat's erwischt und Axel Liebig auch, aber der hat nur einen Steckschuss.«
Ein paar Wäschestücke sind aus dem Spind gefallen. So ein Idiot, kann er die nicht aufheben? Und die Tür, die hat er auch nicht richtig zugemacht, jetzt zieht's.
Ernst bleibt auf seinem Stuhl sitzen. Ich steh nicht auf, denkt er. Ich bleibe hier drin sitzen. Ich kann ihm doch nicht helfen.
Durch die offen stehende Tür hört man Teile des Gesprächs draußen. Der Leutnant macht dem Truppführer in scharfen Worten Vorwürfe. Der verteidigt sich, spricht von einem unerwarteten Fehlschlag. Der Feind hatte sich in einem Bauernhaus verschanzt und gleich geschossen. Endlich scheinen sie übereingekommen zu sein.
Wie sie Liebig einem Krankenhaus zuführen.
Wem sie im Falle Kleinert Mitteilung machen müssen.
Wie darüber geredet werden soll.
Was sie unter gar keinen Umständen sagen dürfen.
Der Haufen beginnt sich aufzulösen, der Raum füllt sich. Die, die dabei waren, werden von den anderen umringt, müssen wieder und wieder alle Einzelheiten berichten. Zwei Jungen schnäuzen in ihre Taschentücher. Ich bleibe hier sitzen, denkt Ernst.
Doch dann fällt ihm das Gespräch ein und Kleinerts Tagebuch.
Ob ich es suchen soll und dem Spieß aushändigen? Nein,

nicht diesem Proleten. Dem Leutnant? Kleinert hatte gesagt, er schreibt alles für die Nachwelt auf. Oder hat er gesagt: für meine Mutter? Ernst ist sich gar nicht mehr sicher, was Kleinert gesagt hat, so verwirrt fühlt er sich. Am Ende lassen sie noch Kleinerts Tagebuch verschwinden, weil vielleicht etwas drinsteht, was denen nicht ins Konzept passt.

Ernst trifft die Entscheidung ganz schnell, bevor noch die Menschentraube am anderen Ende sich auflöst, bückt er sich, um unter Kleinerts Matratze zu schauen, und als dort nichts außer ein paar dicken Wollsocken zu sehen ist, schlägt er die Decke zurück, greift unter das Kopfkissen. Da liegt es, der Drehbleistift steckt in dem Futteral. Ungesehen lässt Ernst Kleinerts Tagebuch unter seiner Jacke verschwinden.

In die Nachmittagstunden hinein riecht man überall den Brandgeruch. Und der Sanitäter, der die Jungen abholt, berichtet, dass nur zwei Kilometer von hier entfernt zwei große Bauernhöfe in Flammen stehen. Es dauert auch gar nicht mehr lange, da kann man die Kühe von weitem brüllen hören. Schwarzbuntes holsteinisches Fleckvieh, das, immer wieder im hohen Schnee einbrechend, über die eisige Fläche langsam auf ihr Lager zukommt. Niemand kann helfen. Am Ende krepiert die arme Kreatur am Milchstau.

Sonderauftrag

Zwei Tage lang rührt sich Ernst nicht. Er läuft hinter den anderen her, wenn die sich in Marsch setzen, er isst, wenn es etwas zu essen gibt, führt auf Befehl etwas aus und döst in die alarmfreien Zeiten hinein. An einem Sonntag bricht ein regelrechtes Fest aus, als nach einer Sonderzuteilung von Fleisch ein echter Braten auf den Tisch der Kantine kommt. Die teilen sie sich seit ein paar Tagen mit SS-Leuten. Den Braten gibt es mit Pampskartoffeln, heißhungrig fallen die Jungen darüber her, essen und essen und Ernst findet, dass noch nie ein Stück Fleisch so gut gerochen hat wie das, das ihm zugeteilt worden ist.

Die Stimmung an diesem Tage ist ausgelassen, kein Mensch spricht mehr von Kleinert. Übrigens ist auch von Ricos Verschwinden nicht mehr die Rede. Am Montag in der Frühe kommt ein sehr junger Soldat und meldet: Die Russen kommen. Die Stadt sei nun nicht mehr nur umzingelt, sondern sie stehe völlig vor der Einnahme. Im Süden und Südosten sei das Stellungswerk bereits durchbrochen. Die Festungskommandatur habe die Sprengung der wichtigsten Brücken in Angriff genommen, nämlich der Gneisenaubrücke und der Sandbrücke. Lediglich das Odertorviertel und die anderen nördlichen Vororte seien von der Belagerungsfront noch etwas verschont. Am gleichen Tag hält ein SS-Offizier ihnen noch einen Vortrag. Es geht darin um Treue, um das Durchhalten und den Mut, weiterhin für die deutsche Sache einzutreten. Der Führer, der habe sie bis jetzt nur prüfen wollen. Der sehe ihrer Feigheit und ihrem Mut so lange zu, wie es nötig sei. Und am Ende, da werde er die Wunderwaffe einsetzen, darauf könne man Gift nehmen. »Glaubt ihr an den Führer?«

»Ja«, murmelten einige. Da rollt der Spieß die Augen und knufft die Nächststehenden in die Seite. Er will nicht, dass der SS-Mann ihn für zu lasch in seiner Eigenschaft als Gruppenführer hält. Ein zweites Mal rufen da die Jungen Ja, diesmal ist es lauter als das erste Mal.

Ernsts Chance kommt am darauf folgenden Tag, da wird nach dem Frühstück jemand für einen Sonderauftrag gesucht. Diesmal meldet sich keiner freiwillig. Außer Ernst.

»Es ist besser, du lässt dich nicht dabei sehen«, sagt der Leutnant. »Du gibst einfach die Aktentasche bei der angegebenen Adresse ab und verschwindest wieder. Es ist auch besser, du gehst allein. Und wenn dich irgendwer anquatscht, sagst du, du seiest im Auftrag unterwegs, verstanden?«

»Verstanden«, sagt Ernst, ohne eine Miene zu verziehen.

»Du kannst ja einen Lastwagen anhalten.«

»Ich nehme lieber das Rad«, erklärt Ernst.

Er hat zwei Schichten Unterzeug übereinander an und zwei Hemden. Über der dicken Weste aus Schafwolle drohen alle Uniformknöpfe abzuplatzen. Als Ernst die schwarze Aktentasche entgegennimmt, die seinen Weg in die Freiheit markiert, zieht er alle verfügbaren Muskeln ein, damit nicht auffällt, was er alles übereinander anhat.

»Und wenn du's erledigt hast, kommst du stante pede wieder hierher zurück.«

»Jawoll, Herr Leutnant«, sagt Ernst.
Es wird gewiss ein Leichtes sein, Ricos Wohnung ausfindig zu machen. Und wenn er das erst einmal hinter sich hat, dann wird er weitersehen. Dieser Sonderauftrag ist gewiss nichts Dienstliches, denkt Ernst, nachdem er sein Fahrrad bestiegen hat. Mit Sicherheit handelt es sich um was Privates. Diese Offiziere nützten doch alle ihre Dienstgrade und Positionen aus. Aber ihm soll das recht sein.
Erst nachdem er die Stellung ein paar hundert Meter hinter sich gelassen hat, fällt Ernst auf, dass er sich von keinem verabschiedet hat, nicht einmal von Friedemann.

Ohne Anstand passiert Ernst die Königsbrücke, muss aber anschließend die Nikoleistraße umfahren, wo sich eine Trümmerwüste auftut. Nicht ohne Mühe gelangt er in die Schwertstraße, vorbei am Thaliatheater, das auch schon einiges abbekommen zu haben scheint. Er findet die angegebene Adresse auf Anhieb.
Dort macht ihm eine Frau auf, hübsch, mit hochgesteckten Haaren. Sie lässt sich Ernsts Ausweis zeigen, sagt, nachdem sie nur kurz sein Gesicht mit einem Blick gestreift hat: »Geben Sie mir die Tasche«, und zieht die Tür so schnell wieder hinter sich zu, dass er nicht mal mehr die Gelegenheit hat, Auf Wiedersehen zu sagen. Die Geliebte des Leutnants, kommt ihm in den Sinn, hätte ihm ruhig etwas anbieten können für die Mühe, die ihm die Erledigung des Auftrages gemacht hat. Einen heißen Kakao oder Glühwein, das wär fein gewesen. Egal, sein Auftrag ist jedenfalls jetzt erledigt.
Er beschließt das Fahrrad abzustellen, denn wenn man

nach ihm suchen würde, würde seine Personenbeschreibung mit Sicherheit lauten »mit Fahrrad«. Zu Fuß und gänzlich ohne Gepäck ist man unauffällig und geht in der Masse unter. Aus der Richtung Freiburger Bahnhof kommen ihm Menschenmassen entgegen, aber auch aus der Gegenrichtung vom Königsplatz her. In der Weißgerbergasse schließt er das Fahrrad an einen Zaun und steigt in eine Elektrische, fährt aber nur zwei Stationen weit, nachdem er mitbekommen hat, wie in einer in umgekehrter Richtung fahrenden Bahn eine Patrouille von drei SS-Leuten zwei männliche Fahrgäste aus dem Wagen treibt. Wenn man zu Fuß geht, sieht man, dass die Stadt bereits wie ein Trümmerhaufen aussieht. Es fahren ohnehin nur noch wenige Bahnen und die Einmündungen von einigen Straßen sind mit umgestürzten Straßenbahnwaggons, riesigen Steinhaufen und Gleisabschnitten derart verbarrikadiert, dass in diese Richtung kein Durchkommen mehr ist.
Bei diesem Anblick sinkt ihm das Herz. Ein Durchkommen Richtung Zimpel, wo die Familie von Rico wohnt, muss er sich für heute jedenfalls aus dem Kopf schlagen.
Was wird werden?, fragt Ernst sich beklommen. Er hat nachts nur wenige Stunden geschlafen, weil wieder Fliegeralarm gewesen ist, und wenn man so übermüdet ist, spürt man die Kälte umso mehr. Er zieht den Gürtel seines Mantels fester und schiebt sich die Mütze tief in die Stirn. Manchmal rempelt ihn jemand an, der ganze Ring scheint in Aufruhr und Bewegung.
Vor dem Eingang zu einer Wärmestube verzögert er seine Schritte. Es würde gewiss gut tun, sich erst einmal richtig

aufzuwärmen. Einen kurzen Blick wirft er durch die Eingangstür, sieht dabei ein paar überwiegend alte Männer mit herunterhängenden Köpfen und gebeugten Schultern vor sich hin dämmern und schnuppert die wenig einladende Luft, eine Mischung aus kaltem Tabakrauch, Urin und Lysol zum Desinfizieren. Da möcht ich mich doch lieber nicht dazwischen setzen, am Ende holt man sich noch Läuse.

Eine Frau, die sich an ihm vorbei in die Wärmestube drängt, hört er zu einer anderen draußen auf dem Gehsteig sagen: »Ich geh mich verabschieden, in zwei Stunden fahrn wir los. Heute ist der Räumungsbefehl durchgekommen für alle Familien mit Kindern, die noch da sind.« Die andere sagt daraufhin: »Jemine, wer hätte das gedacht, dass es uns nu auch noch trifft. Ich hab immer geglaubt, man kann aus seinem Land, in dem man aufgewachsen ist, nicht vertrieben werden.«

Alles scheint ja in Auflösung. Diese Völkerwanderung. Unentschlossen, wohin er eigentlich gehen soll, lässt Ernst sich treiben. Um das Amtslokal der NSDAP macht er ganz automatisch einen Riesenbogen. Eine aufgeregte Menschentraube, vorwiegend aus Frauen, hat sich davor versammelt. Zwei berittene Beamte sind offensichtlich bemüht sie zu vertreiben. Und zwar mit Brachialgewalt.

»Rühren Se mir nich an«, schreit eine Frau mit einem schwarzen Kopftuch und schüttelt den Arm, der sie ergreifen will, ab. »Ich lass doch meinen Mann nicht hier alleine zurück«, schreit sie dem Beamten ins Gesicht. »Daran würde er zerbrechen. Er ist krank und braucht mich.«

Entsetzt wird Ernst Augenzeuge, wie die Beamten ihre Pferde in die Menge treiben und die Frauen grob zurückstoßen. »Macht, dass ihr wegkommt«, schimpfen sie. »In Kürze erwarten wir einen Angriff aus Osten, über Leerbeutel oder Zimpel, und ihr steht hier herum und zetert.«
»Wir werden alle am Kreuz sterben wie der Heiland«, jammert eine andere Frau und ringt dabei die Hände. »Und ihr tragt dafür die Schuld.«
»Weg mit euch und etwas mehr Disziplin, Hysterie ist jetzt fehl am Platze.«
»Jawoll. Und die Ortsgruppenleiter, das sind doch diejenigen, die als Erste fortgemacht haben«, sagt eine Frau in Rage. Die anderen nicken zustimmend, sprechen einander Mut zu. Mut zum Widerstand. Mut der Verzweiflung.
Der Beamte wird jetzt richtig wütend, sein Gesicht wird zu einer Fratze. »Hauen Sie ab, Frau, gehen Sie auf den Bahnhof oder zum Teufel, die Stadt ist umzingelt, die Russen haben Waldenburg längst eingenommen und Sie jammern hier wegen ein paar Lebensmittelmarken herum. Sie müssten schon längst weg sein, warum halten Sie sich nicht an die Verordnung?« Seine Hand deutet auf die roten Plakate neben der Tür. »Da steht's, können Sie nicht lesen?«
»Ich hab doch niemand«, hört Ernst die alte Frau noch jammern, als er sich abwendet und weggeht. »Und meinen einzigen Sohn, den habt ihr mir auch genommen.«
Überall, wohin man sich auch wendet, das gleiche Bild: Menschen, die unter voll gepackten Rucksäcken ächzen. Schlitten, die im Schnee stecken bleiben, weil darauf das ganze Hab und Gut gepackt ist. Wer einen großen Hund

hat, lässt den ziehen. Und neben all dem Gebuckel und Geschleppe die müden, blassen Gesichter der Leutchen. Andere sieht man, wie sie dabei sind, aus ihren Wohnungen in die Luftschutzkeller umzuziehen. Die schleppen Teppiche und Betten mit sich, um es sich in den Kellern gemütlicher zu machen.

»Wo marschieren die Leute denn alle hin?«, fragt Ernst einen forsch aussehenden Mann, der vielleicht so alt ist wie Väti jetzt wäre. Durch eine Armbinde ist er als Angehöriger des Volkssturms erkennbar. Der starrt ihn wie einen Verrückten an.

»Ach Junge, hat sich das noch nicht rumgesprochen? Die wollen nur nischt wie weg, vielleicht auf den Freiburger Bahnhof, wo eben noch ein Zug abfährt.«

»Gehn denn keine mehr?«

»Ich kann nur sagen, was ich von den anderen gehört habe. Dass der ganze südöstliche Stadtbezirk evakuiert worden ist. Und das sind nu die Vertriebenen, nich wahr? Und die müssen irgendwo hin. Wo willst du denn hin?«

»Ich wollte nach Zimpel, da hab ich einen Freund.«

»Da wird dich wohl kein Posten mehr durchlassen, ist alles abgeriegelt.«

»Und am Hohenzollernplatz?«

»Da erst recht, da soll ja 'ne Landebahn für die Jus hin.«

»Ich hab mit meinen Eltern dort gewohnt.«

Einem Menschen muss man's doch sagen, wie soll man es denn sonst aushalten?

»Ja, wie kommt man dazu?«, antwortet ihm der Volkssturmmann. Er sagt noch: »Viel Glück!« Ernst hätte gern noch eine Weile mit ihm weitergeredet. So verlassen, wie er sich fühlt.

Vor dem Portal der Magdalenenkirche hält Ernst seinen Schritt an. Aus dem Kirchenraum hört man Gesang, leise erst, dann immer mehr anschwellend. »Oh Haupt voll Blut und Wunden.«

Halb erschreckt, halb verwundert hält er sein Ohr an den Türspalt und lauscht den Klängen des alten Chorals.

Grenzenloses Leid und grenzenlose Demut.

Wie können die jetzt noch singen, denkt er, eine Liturgie abfeiern mitten hinein in dieses Chaos. Erst erregt und gleich darauf verbittert, denkt er noch: Gott hat uns doch vergessen und verlassen, falls es ihn je gegeben haben sollte.

Doch die Klänge haben es in sich, gerade sind sie dabei, etwas in seinem Inneren aufzureißen, das er schon begraben hat, Kummer, Trauer, aber auch die Sehnsucht nach Nähe und Geborgenheit. Nach einer Hand, die ihn beschützt, und einem Geist, der ihm helfen könnte, die Erlebnisse der letzten Wochen zu ordnen und zu begreifen. »Wo bist du, Gott?«, möchte er schreien.

Und auf welcher Seite bist du?

Eine Stimme aus der Nähe holt ihn zurück in die Gegenwart. »Willste 'n Schlag Suppe, Junge, die gibt's heute gratis und ohne Marken!«

Erstaunt blickt er in die Augen der rundlichen, dick vermummten Frau, deren Hand über einer dampfenden Gulaschkanone schwebt. Damit wollte die Partei wohl ihre letzten guten Taten unter Beweis stellen.

Mit Handschuhen, bei denen die Finger abgeschnitten sind, reicht die Muttel Ernst den Pappbecher rüber. Wenigstens ist das Zeug darin heiß, wenn auch der Geschmack zu wünschen übrig lässt. Nichts weiter als mit Wasser angerührtes Bratlingspulver, schätzt er, angereichert mit ein paar darin schwimmenden Trockenkartoffeln.

»Isse gutt?«, fragt die Frau. Gerade hat es angefangen, leicht zu schneien.

»Ja natürlich«, beeilt Ernst sich zu versichern, während er den winzigen Kristallen zusieht, die sich auf das Kopftuch der Frau setzen. Noch immer hört man den Gesang, aber ihn hat eine Welle von Mutlosigkeit erfasst, die ihm den Atem nimmt. Am liebsten würde er sich da in den Schnee fallen lassen und nie mehr aufstehen. Ganz einfach sich von einer dicken weißen Schicht zudecken lassen. Er hat schon kalte Füße vom Rumstehen und rappelt sich wieder auf. Die Frau hinter dem Suppenkessel wischt sich die Hände an ihrem Mantel ab und kommt humpelnd näher.

»Also wenn das so weitergeht mit dem Geschieße da draußen«, wendet sie sich an Ernst, »dann mechten wer wohl die nächste Zeit im Keller verbringen.«

Ernst nickt wortlos.

»In dem Haus, wo ich wohne«, sagt die Frau dann noch, »sind schon alle Bewohner in den Luftschutzkeller gezogen.«

Sie lässt die Arme sinken, und weil Ernst nichts zur Unterhaltung beiträgt, humpelt sie wieder zurück.

Ja, wohin denn jetzt?

Der Dominikanerplatz und die Christopheristraße sind abgesperrt und damit auch die Möglichkeit, auf Rico zu stoßen.

Planlos zieht Ernst seine Spuren durch den Schnee. Am Tauentzienplatz sieht er von weitem einem Trupp Parteileuten zu in dicken braunen Mänteln, die dabei sind, auch hier mit Barrieren alles abzuriegeln. Bloß kehrtmachen, denkt Ernst. Da tritt ein Wachtmann aus einem Hauseingang, der ihn postwendend anredet. »Halt, hier ist kein Durchgang mehr möglich für Privatpersonen.«

Und als Ernst versichert, dass er ja schon kehrtmachen wollte, erzählt der kleine Mann, auf dessen Schulterklappen und Mütze sich schon weiße Häufchen angesammelt haben, ganz ungefragt, dass hier nämlich morgen die große Auffahrt der Parteispitze erwartet werde, Staatssekretär N. aus Berlin.

Ernst setzt langsam einen Schritt zurück, einen Fuß hinter den anderen.

»Der wird nämlich hier im Polizeipräsidium zum Referat erwartet«, führt der Wachmann seine Erklärung fort. Mit wichtigtuerischer Miene und indem er den Abstand zwischen Ernst und sich immer weiter gleich hält, fügt er noch hinzu: »Davon kann natürlich so 'n Knirps wie du nichts wissen. Der Staatssekretär wird der Wehrmacht dann die letzten Direktiven zur Verteidigung der Stadt geben.«

»Aha«, sagt Ernst, während seine Augen registrieren, dass der Schnee selbst auf jedem Uniformknopf von dem Kerl da einen weißen Rand bildet. Als hätte der Ernsts Blick wahrgenommen, schüttelt er sich plötzlich, stäubt dabei den Schnee von Schultern und Stiefeln und sagt noch, während

er seine Brust strafft und sich aufreckt: »Die Festung muss bis aufs Äußerste gehalten werden.«
Der ist so in seiner Welt, denkt Ernst, ist aber froh, ohne nach seinen Papieren gefragt worden zu sein, zu entkommen.
Ja wohin bloß? Wieder zum alten Janisch, der ihm doch nicht weiterhelfen könnte. Oder zu seiner alten Penne, bloß mal nachsehen, ob Studienrat Krappitz dort noch Dienst tut. Schließlich ist zu überlegen, wo er heute Nacht schläft. Auf keinen Fall in einem der Luftschutzkeller, wo ihn am Ende irgendein Obmann nach seiner Identität ausfragt.
Er entscheidet sich für die Schule, vielleicht kann Krappitz ja etwas für ihn tun. Auf jeden Fall muss doch irgendetwas geschehen, um seine Flucht vorzubereiten. Denn an seiner Flucht bestand nun kein Zweifel mehr. Bloß wie weiter?
Gegen Mittag ist es plötzlich ganz ruhig auf den Bürgersteigen. Verdächtig ruhig wie vor einem Sturm. Nur auf dem Schlossplatz, da steht eine Menschenmenge. So eng zusammengedrängt, als wolle einer sich am anderen wärmen. Hunderte müssen es sein, hauptsächlich wieder Frauen mit Kindern, alle haben sie Rucksäcke auf, das andere Gepäck auf Schlitten gepackt, die wie Wälle hinter ihnen aufragen. In ihrer Mitte brennt ein Feuer. Einige Mütter mit kleinen Kindern stehen ganz nah daran, um sich und die Kleinen zu wärmen. Sie seien von Gleiwitz und Umgebung, erfährt Ernst, und schon seit gestern hier in Breslau. Jetzt warten sie auf einen Bus, der sie mitnimmt nach Westen. Einen Moment lang überlegt Ernst, ob die ihn mitnehmen würden.

Das Versteck

Die alte Schule erkennt er fast nicht wieder. Schon auf dem Hof, wo um diese Uhrzeit normalerweise ein Riesengerempel und Gerenne stattfinden müsste, begreift er, dass sich alles verändert hat. Überall auf den Fluren stehen alte Leute rum und in den Klassenräumen, deren Türen zum Flur hin offen stehen, haben sie Stroh aufgeschüttet und richtige Massenlager eingerichtet. Ein paar Jungen mit Wollmützen, die erinnern noch dran, was das hier einmal für ein Gebäude war. Sie spielen Fangen und benutzen dabei die Herumstehenden als Deckung.

In den Gängen und sogar auf der Treppe, die nach oben führt zu den Musiksälen, der Aula und dem Physikzimmer herrscht Gedränge und so viel Lärm, wie der Hausmeister es sonst nie dulden würde. Im Vorübergehen nimmt Ernst die Bilder in sich auf. Wie ein Mann einen Wandspiegel mit Goldrahmen mit sich herumschleppt und ein paar kleine Mädchen kichernd nebenherlaufen, um sich darin zu spiegeln. Vor dem Chemiesaal sind zwei Schwestern dabei, ein paar Nahrungsmittel zu verteilen, zwanzig Kinderhände versuchen danach zu greifen. Schokolade, denkt Ernst, mein Gott, wie lange das her ist, dass er Schokolade geschmeckt hat. »Findet hier kein Unterricht mehr statt?«, fragt Ernst die jünger aussehende der beiden Schwestern.

»Neh, Junge, da kommste zu spät«, gibt ihm die Frau zur Antwort und bemerkt dabei gar nicht, dass seine Augen sehnsüchtig auf die Schokoladentafel gerichtet sind, die sie hochhält.

»Hier sind jetzt die aus Carlowitz und Leerbeutel Evakuierten untergebracht«, sagt sie. »Die warten auf Lastwagen zum Abtransport.«

Jetzt müsste sie doch sein Verlangen endlich bemerken.

Tut sie aber nicht.

»Schokolade haben wir nicht mehr«, sagt sie stattdessen, obwohl sie doch noch eine Tafel in der Hand hält, »nur Puddingpulver und Fruchtsuppen.«

Fruchtsuppen, was sollte er denn damit? Trotzdem sagt er: »Wenn Sie mechten, ein Päckchen Fruchtsuppe bitte«, und macht sich dabei ganz klein.

Während sie ihm zögernd aus einem Karton einen Beutel fischt, hört er sie sagen: »Was macht einer in deinem Alter hier denn noch? Müsstest du nicht beim Barrierebau sein oder bei der Flak?«

Was soll man da antworten? Ernst lächelt ihr zu, ganz wenig, nur nicht zu auffällig. Er sagt: »Ich bin vierzehn, ich suche nach einem Lehrer.«

»Welchem Lehrer?«, fragt die Frau, die er jetzt misstrauisch gemacht hat.

»Krappitz«, sagt er geschwind, »ich kenn den Weg ins Lehrerzimmer.«

Am besten wär's wohl, sich gleich wieder aus dem Staub zu machen, bevor die Frau ihn weiter ausfragt. Manche dieser Nazifrauen können äußerst ungemütlich werden, das hat sich inzwischen schon rumgesprochen. Zum Glück drängen sich gerade ein paar Leute um sie. »Wo kann man denn hier mal austreten?«, hört er eine Frauenstimme fragen. »Müssen wir noch lange warten?« Und irgendjemand kommt sich beschweren, weil eine andere Person inzwischen seine Matratze mit Beschlag belegt hat.

Ernst hat gerade noch einen Blick in sein früheres Klassenzimmer werfen können, wo noch immer die Landkarte mit den erfolgreichen Annektionen des Führers im Namen des deutschen Volkes hinter dem Pult aufgehängt ist. Rot schraffiert darauf alle Länder, die deutsche Erde werden sollten: Polen, die Tschechei, Österreich und alle Länder bis zur Krim. Es ist noch nicht lange her, da hatte man ihnen großspurig erklärt, bald würden dort überall deutsche Kaufleute, deutsche Bauern und deutsche Beamte Einzug halten, um den unkultivierten Völkern die deutschen Klassiker und das deutsche Wesen nahe zu bringen. Bei der Gelegenheit fällt ihm auch ein Ausspruch von Herrn Rydnik, dem Schulrektor, ein, der in Ernsts Klasse Geschichtsunterricht hielt. Die Untermenschen werden uns dereinst die Füße küssen. Wie mochte dieser Vollnazi die jetzige Lage wohl beurteilen? Jungs, April, April, April. Im Oderbruch stehen die Russen.

Ein Wunder, dass sie nicht schon hier mitten in der Stadt sind. Wer kann sie denn noch aufhalten und wie lange?

»Wo willst du hin?« Ein Mann mit einer Armbinde des Volkssturms stellt sich Ernst in den Weg.

»Zu Herrn Doktor Krappitz.«

»Wer ist das?«, fragt der Mann.

»Mein Lateinlehrer«, antwortet Ernst.

»Hier sind nur noch Flüchtlinge«, sagt der Volkssturmmann

zögernd. »Und wir sind angehalten niemand sonst einzulassen.«
»Ich bin gleich wieder da«, verspricht Ernst.
»Ich bin ja kein Unmensch, also in zehn Minuten«, sagt der Mann.
»In Ordnung«, murmelt Ernst.
»Na was is, kein Führergruß?«, quakt der Kerl noch hinter ihm her.
»Heitler!« Ernsts Hand macht eine Bewegung zur Stirn hin, ein Stück weit weg brummt Ernst: »Klugscheißer.«
Im Lehrerzimmer packt eine Frau gerade Akten zusammen und blickt ihm beim Eintreten mit einem trüben Blick entgegen.
Schwach kann Ernst sich an ihr trauriges Gesicht erinnern, sie unterrichtete die unteren Klassen.
»Guten Tag. Wissen Sie, wo Doktor Krappitz ist?« Plötzlich fühlt Ernst sich wieder so mutlos. Gleich wird sie Nein sagen, dann wird er nicht mehr weiterwissen.
»Ich glaube, er ist rüber ins Rektorat gegangen«, sagt sie.
Ernst atmet erleichtert auf. Trotzdem kostet es Anstrengung.
Das Rektorat, so etwas wie das Allerheiligste für die Katholiken, für alle Pennäler strengstens verboten.
Wenn er jetzt da anklopft, die Tür aufgeht und Rektor Rydnik ihm energisch gegenübertritt, indem er ihn fragt: »Was willst du hier, Schlawe?«
Ich will, ich soll, ich muss Herrn Krappitz sprechen.
Ernst spürt, wie schon bei dem Gedanken sein Herz verrückt schlägt. Wie gesagt, ist der Direx ein Vollnazi, mit

dem Väti sich seinerzeit angelegt hat, als es darum ging, klassenweise in die HJ einzutreten. Väti hatte ja über Ernsts Kopf hinweg verfügt, dass ein Beitritt seines Sohnes nicht in Frage käme, seitdem konnte der Rydnik Ernst nicht verknusen.

Den Finger schon zum Klopfen gekrümmt, fragt sich Ernst noch, was er ihm wohl antworten soll, wenn der ihn fragt: »Warum bist du eigentlich jetzt nicht bei deiner Stellung?« Wenn der lange rumfragt, rückfragt – die haben hier schließlich noch ein funktionierendes Telefon –, dann ist sein ganzer Fluchtplan im Eimer.

Aber da gerade geht die Tür auf und sein wunderbarer Lehrer, Doktor Krappitz, rettet ihn.

Bleich wie ein Geist sagt er bei Ernsts Anblick: »Schlawe, Sie sind's. Wollen Sie zu mir?«

Ernst antwortet mit einem Nicken. Krappitz drängt ihn mit einem Blick und einer Handbewegung hinüber zum Lehrerzimmer.

»Ich komme sofort nach.«

Plötzlich vorn in den Fluren Stimmen und energische Schritte. Die Türen zu den Klassenzimmern, soweit nicht schon offen, werden aufgerissen. Sofern Ernst von seinem Standort aus erkennen kann, sind das zwei Soldaten. Einer hält eine Stablampe hoch. Man kann seine Stimme im ganzen Haus hören: »Alle mal herhören!«, schreit er. »Sind hier Angehörige der deutschen Wehrmacht? Leute, die von ihrer Truppe versprengt wurden? Angehörige der Flak oder des Volkssturms? Sofort hier melden!«

Wie ein Schatten schlüpft Ernst durch die Tür des Lehrerzimmers, denkt noch, jetzt ist alles aus, da beginnen draußen die Sirenen zu heulen. Das Letzte was er noch hören kann, ist: »Ausweiskontrolle.« Verdammt, jetzt ist die alte Penne ihm zur Falle geworden. Während draußen das schaurige Geheul des Alarms die Leute in die Luftschutzkeller treibt, sieht Ernst sich mit einem sekundenschnellen prüfenden Blick im Lehrerzimmer um. Und wenn er zum Fenster rausspringt, denen will er nicht in die Arme fallen.

Die Lehrerin hat Ernst noch gar nicht bemerkt, sondern starrt schreckgebannt aus dem Fenster, den Griff der schweren Aktentasche in der Hand. Als die Tür sich jetzt öffnet und Krappitz erscheint, geht alles sehr schnell.

»Los, Schlawe, rein in den Schrank«, flüstert er mit eindringlicher Stimme.

Den kennt Ernst nur zu gut. Dahinter hängen die Landkarten, im linken Teil die Punischen Kriege, das Alexanderreich und die Ausdehnung des Oströmischen Reiches, besser bekannt als Byzanz. Im mittleren Teil war der Dreißigjährige Krieg untergebracht, vor und nach dem Westfälischen Frieden, rechts davon waren immer die Karten des Kaiserreichs, des Ersten Weltkrieges und noch die der Zweiten polnischen Teilung. Ganz rechts, wo sie hingehörte, hing die Karte des Tausendjährigen Reiches, ihre Rückseite leuchtete noch ganz weiß und neu.

Krappitz knallt ihm die Tür vor der Nase zu. »Mach dich klein!«

Ernst hört den Schlüssel im Schloss. Immer noch mit einem kreischenden Laut, weil keiner das Schloss je geölt hat. Dahinter Enge, ein Geruch von Staub und auch Seife, der etwas in der Nase kitzelt. Mit dem Gefühl, gleich laut niesen zu müssen, geht Ernst in die Knie.

Durch die Lamellen sieht man auf schwarze Schuhspitzen, die blank poliert sind, Krappitz hält auf sich, selbst während des Belagerungszustands.

»Kann man mit einer Lunge eigentlich weiterleben, Herr Kollege?«, hört Ernst die Lehrerin fragen und darauf die Stimme von Krappitz, aber nicht, was er der Frau antwortet, das geht unter, weil der Lehrer mit dem Rücken zum Schrank steht und draußen noch immer die Sirene heult.

»Meiner Mutter geht es ganz schlecht«, kann Ernst in seinem Gefängnis verstehen, »heute Morgen habe ich erfahren, dass der eine Lungenflügel einen Riss hat, sie war noch unten im Hausflur, als oben die Bombe explodierte. Es muss die Druckwelle gewesen sein.«

Da pocht es an die Tür. Ernst wird in seinem Käfig ganz steif und hält sich mit beiden Händen die Nase zu, um nicht im nächsten Augenblick loszuprusten.

»Ist hier jemand reingekommen?«

Das ist die schneidende Stimme des Kettenhundes von vorhin.

»Hier ist keiner reingekommen«, versichert der Lehrer dem Feldgendarm. Ernst läuft es in diesem Augenblick abwechselnd heiß und kalt den Rücken runter. Was Krappitz mit dieser Lüge riskiert! Heilige Hedwig, ich werd mich auch erkenntlich zeigen, schwört er in seinem Schrank. Nur wie, weiß ich jetzt noch nicht.

»Ich habe auch keinen gesehen«, sagt nun die Lehrerin.

Nicht das leiseste Zittern in der Stimme, keiner von beiden.

Ich werde ihnen beiden die Füße küssen, ist das Nächste, was Ernst einfällt. Keine Antwort, nur das Geräusch von Stiefelabsätzen auf dem Parkett. Sie sehen sich um, kein Zweifel.
Nervenaufreibend viel Zeit vergeht, bevor der zweite Kettenhund sagt: »Ein Mann vom Volkssturm hat aber jemand hier hintermarschieren sehen.«
»Mag sein«, sagt Krappitz, »aber es gibt zur Zeit hier so viele fremde Menschen, die rein und raus gehen, da fällt einem der Einzelne nicht so auf.«
Nun folgt der Spruch von den versprengten Wehrmachtsteilen, den Ernst schon kennt.
»Jawohl«, sagt Krappitz. »Selbstverständlich werde ich jeden melden.«
Mensch, der hat Mut. So viel hätte Ernst dem niemals zugetraut. Noch eine Attacke. Diesmal gilt sie Krappitz höchstpersönlich. »Und was ist eigentlich mit Ihnen? Was machen Sie hier noch? Ist Ihr Jahrgang nicht längst für den Volkssturm fällig?«
»Ich habe die Anweisung, die Schulbibliothek auszulagern«, sagt Krappitz ruhig. »Für den Volkssturm bin ich untauglich, weil ich einen Herzfehler habe.«
»Heutzutage scheint jeder einen Herzfehler zu haben«, sagt der mit der jungen Stimme. »Zeigen Sie mal die Papiere vor!«
Gleich platzt mir der Kopf, denkt Ernst. Die wollten doch partout irgendwas finden, hoffentlich kommen sie nicht doch noch auf die Idee, alle Türen aufzureißen.
»Kann ich jetzt gehen?«, hört man die Lehrerin fragen, »oder brauchen Sie mich noch, Herr Doktor?«

Schritte Richtung Tür. Mit der Lehrerin schieben die zwei Soldaten ebenfalls ab.
Es folgen ein paar Minuten, in denen alles fast gleichzeitig geschieht. Das Klirren von Scheiben und die deutlich spürbare Erschütterung des ganzen Bauwerks. Das Schließen der Tür und das Schlagen einer Uhr, zwölf Mal. Dann wird es einen Moment ganz still.
»Schlawe, kannst du mich hören?«
»Ja.«
»Wir sind jetzt allein. Aber am besten wird es sein, du bleibst noch eine Weile dort drinnen, bis die Luft draußen wieder rein ist. Kannst du mich verstehen?«
Die weitere Unterhaltung findet durch die Ritzen im Schrank statt. Ernst kommt es nicht nur aus diesem Grund so vor, als säße er im Beichtstuhl. »Ich gehe nicht wieder zurück in die Stellung«, sagt Ernst. »Nächtelang habe ich nicht mehr geschlafen. Ich kriege Magenkrämpfe, wenn ich die Sirenen höre und an die Kanone muss, Herr Krappitz. Ich kann nicht mehr, das ist ja Selbstmord in Raten. Und dann auch noch das mit Kleinert, die verheizen uns doch nur.«
»Ich verstehe dich gut«, sagt Krappitz, »und der Tod von Werner Kleinert macht mich sehr traurig.«
»Ich habe sein Tagebuch mitgenommen«, sagt Ernst, »er hat es für seine Mutter geschrieben, wollen Sie es ihr geben?«
»Ich kenne seine Mutter nicht, aber wenn du das Tagebuch trotzdem mir anvertrauen willst, nehme ich es an mich.«
»Aber deshalb bin ich nicht hier«, sagt Ernst.
»Das denke ich mir schon.«
»Können Sie mir helfen?«

»Du meinst, bei der Flucht?«
»Ja.«
»Mal sehen, ob mir was einfällt. Willst du Traubenzucker? Heute Nachmittag soll ein Autobus Richtung Cottbus abgehen, vor der Schule, mit einem Teil der Leute. Aber ich glaube, im Augenblick wäre es zu gefährlich, wenn ich dich da mit reinstecke. Die sind jetzt hellhörig geworden.«
Ernst hat sich das Stück Traubenzucker auf die Zunge gelegt, wo es langsam, ohne dass er einen Muskel bewegt, zergeht. Fruchtige Süße, herrlicher Geschmack nach Frühling und Leben.
Überleben.
»Morgen geht auch noch einer«, hört er Krappitz sagen. »Ein zweiter Bus. Am besten, du verschwindest jetzt unauffällig. Kennst du den Weg durch den Keller? Da findet dich keiner. Und morgen gegen vier kommst du wieder her. Wenn du kannst in Frauenkleidern. Ist besser so. Ich muss jetzt ins Direktorat, Rydnik wird sich sonst wundern. Wart ab, bis die Luft da vorn rein ist, und dann ab durch den Kohlenkeller. Hast du noch Lebensmittelmarken? Ach, die helfen dir ja nichts.«
Ernst hört noch ein paar Sätze lang dem Monolog von Krappitz zu. Plötzlich in Latein. *Mantua me genuit, Calabri rapuere tenet nunc Parthenope cecini pascua, rura, duces . . .*
Nanu, was ist jetzt in ihn gefahren?
Plötzlich platzt die Stimme des Direx hinein. »Sie haben wirklich starke Nerven, Herr Kollege, draußen explodieren die Granaten und Sie halten hier Monologe.«
»Ich zitiere nur Vergil, Herr Direktor, wenn's beliebt.«

In einem leer stehenden Haus

Es hat sich ganz von allein ergeben.

Ohne lange darüber nachzudenken, findet sich Ernst vor dem leer stehenden Haus in der Nadlergasse. Schließlich braucht er für heute Nacht einen Platz zum Schlafen. Ein wenig erschrocken ist er schon, als er nun die fremden Räume im Tageslicht wieder sieht.

So findet er die Bezüge der prächtigen Polstersessel zum Teil mit einem scharfen Gegenstand aufgeschlitzt. Er kann nicht sagen, ob das bei seinem ersten Besuch auch schon gewesen ist. Alle Schubladen im Haus sind herausgerissen und die Schränke stehen offen. Vielleicht hat das alles bei seiner ersten Visite die Dunkelheit gnädig verhüllt. Möglicherweise hat aber auch irgendjemand das Haus in der Zwischenzeit betreten und ziemlich rigoros geplündert. Aber der Flügel steht noch an seinem Platz, wenngleich er, wie Ernst mit einer einzigen angeschlagenen Tonleiter feststellt, sehr verstimmt ist. Kälte bekommt einem guten Instrument, wie jeder weiß, sehr schlecht. Zwar ist Zimmermann nicht gleich Bechstein, trotzdem aber eine grundsolide schlesische Instrumentenmarke. Flügel brauchen stets gleich bleibende Temperaturen, herrje, was hatte es in der Kaiser-Wilhelm-Straße für Familienkämpfe gegeben, bis der ideale Standort für das Klavier ermittelt worden war. Im Esszimmer, weil das nicht direkt beheizt wurde und man dort von einer moderaten Temperatur ausgehen konnte. Sehr zum Ärger von Ernst und Heidi, den beiden Klavierspielern der Familie.

Auf der Suche nach einer Schlafgelegenheit für diese eine Nacht entscheidet Ernst sich für einen Raum im Obergeschoss. Ein kleines Zimmer, in dem alles weiß gehalten ist, den Möbeln aus Peddigrohr angefangen, über den Bettvorleger und die Vorhänge bis zu den großen Kissen mit den Spitzenbezügen.

Ein wenig wirkt das alles ja wie in einem Krankenzimmer, trotzdem hat es ihm gerade dieser Raum besonders angetan. Es muss das Zimmer jenes Mädchens sein, das er einmal vor Ewigkeiten mit seiner Mutter in ein Auto steigen sah. Er erinnert sich gut: ein Gesicht wie Milch und Rosen und dazu ein paar unvergesslich sanfte oder traurige Augen.

Auch hier schreckt Ernst zuerst das Werk einer zerstörerischen Hand, als er entdeckt, dass selbst dem Teddybären, der achtlos auf dem Boden liegt, der Bauch aufgeschlitzt worden ist. Weshalb, war wohl nur zu ahnen. Mochten es die Besitzer selbst gewesen sein oder andere auf der Suche nach Wertgegenständen es getan haben – ein banges Rätsel würde es weiterhin bleiben.

Das Zimmer eignet sich nach Ernsts Einschätzung auch noch aus einem ganz anderen Grunde gut als Nachtquartier. Es besitzt, wie er bei Tageslicht feststellt, nämlich eine Tür zu einem Balkon. Würde ein unliebsamer Eindringling sich über Vorder- oder Hintereingang Zutritt verschaffen, könnte Ernst über den Balkon relativ gefahrlos den Fluchtweg antreten.

Der nachmittägliche Besuch offenbart noch einiges, das Ernst in seinen Bann zieht. So zum Beispiel einen Raum neben dem weißen Mädchenzimmer, in dem eine Staffelei ganz allein in der Mitte steht. Und so, als sei sein Bewohner gerade aus dem Zimmer gegangen, steht auf der Staffelei auch noch eine vorbereitete Leinwand, auf der mit Zeichenkohle die Konturen einer Gebirgslandschaft angedeutet sind. Offen und in buntem Wirrwarr durcheinander geworfen, liegen Farbtuben auf und unter einem einfachen Holztisch zwischen zusammengeknüllten, farbdurchtränkten Lappen und einer Unzahl von Pinseln jeder Stärke, welche die eingetrocknete Farbe hart gemacht hat. Helle Vierecke an der Wand deuteten außerdem daraufhin, dass dort vor kurzem noch Bilder aufgehängt waren, die ihre Besitzer dann kurzerhand aus den Rahmen gelöst und mitgenommen haben. Ernst entdeckt auch die Rahmen. Gute solide Handwerksarbeit, wie er feststellt. Sie stehen ordentlich aufgereiht hinter einem Paravent und tragen mit Ausnahme von einem auf den Rückseiten goldene Etiketten mit der Aufschrift *Mahler und Papenburg, Berlin.* Ein Bild ist unter den Tisch gerutscht. Wahrscheinlich hat man es dann in der Eile des Aufbruchs übersehen. Keine Zeichnung, sondern eine gekonnte Ölmalerei. Irgendjemand ist bereits mit Schuhen darauf herumgetreten. Ein wenig versteht Ernst von der Kunst der Malerei, sie hatten ja auch eine Malerin in der Familie, die einst das Atelierhaus im Drumschen Garten bewohnt hat. Auch ihre bevorzugten Motive bildeten Landschaften, mindestens so schön wie diese hier. »Oderlandschaft mit Rosa und Anna«, steht auf der Rückseite der Leinwand mit steilen, spitzen Buchstaben. Großtante Gertrud hat nie

Menschen gemalt, nur große, einsame schlesische Landschaften.
Da ist noch ein Badezimmer mit schwarzen Bodenkacheln und einer so breiten weißen Keramikwanne darin, dass sie bequem zwei Badende gleichzeitig aufnehmen kann. Und eine Katze, von der er nicht erfährt, wie sie in das Haus eingedrungen ist. Plötzlich steht sie in dem Badezimmer neben Ernst und macht sich auf den Hinterbeinen lang, um wie er in die Wanne zu luchsen. Er begreift schnell, dass sie Durst hat, und gibt ihr Wasser. Zum Glück funktioniert die Wasserversorgung noch, zum Glück gibt es außer einer Dose mit steinhartem Russischbrot zwei Gläser mit Bohnen, eines mit Mirabellen, sowie Gries und Reistüten, die schon von Mäusen angeknabbert sind.
In den Keller wagt er sich nicht hinab, aber das ist ja auch gar nicht nötig, weil unmittelbar hinter der Tür auf einem Podest ein halb voller Sack mit Koks steht.
Jetzt ist Ernst fast übermütig. Heute Nacht wird er unter das Dach des fremden Hauses schlüpfen, das jetzt, diese eine Nacht, seines ist. Er wird den bis zur Decke reichenden Kachelofen anfeuern, unten in der Halle, und sich aus Reis und Gries eine richtige Pampe kochen, wie Selma, der dienstbare Geist aus dem Eulengebirge, einen Brei ohne Fett zu bezeichnen pflegte. Selma, ob sie zu ihren Eltern zurückgekehrt war? Eine Seele von einem Menschen, mit einem freundlichen Gesicht und liebevollen Händen. Schade, dass er nicht weiß, wo ihre Eltern wohnen, dort irgendwo in einem kleinen Dorf hätte er gewiss Unterschlupf finden können.

Nur schwer trennt er sich von dem kleinen, bequemen Sofa, in das er erschöpft gesunken ist. Die Aufregungen der letzten Tage, die bleierne Müdigkeit und die Sorge, heil davonzukommen, haben in seinem Gesicht ihre Spuren hinterlassen. Nicht nur in seinem Gesicht, in seinem ganzen Körper. In Abständen zieht sich sein Magen zusammen oder bläht sich unter den Rippen unangenehm auf. Ein Zahn, der unter Kälteeinwirkung empfindlich schmerzt, macht Ernst auch Sorge.

Als die Dämmerung hereinbricht, macht er sich noch einmal auf in die Nacht. Jetzt sind seine Schritte schwer. Nur noch das Stück weit laufen bis zu der Stelle, wo er sein Fahrrad abgestellt hat, dann gleich zurück.

Der Brandgeruch hat sich auf die Stadt gelegt wie eine giftige Wolke. Was man da einatmet, schmerzt in der Brust.

Auf dem Weg gibt Ernst Acht, welche Häuser noch stehen. Einen gespenstischen Eindruck macht die Stadt in der Dämmerung. Das Leben darin gleicht immer mehr dem einer mittelalterlichen Festung.

An Ernst jagt ein Versorgungsgespann des Militärs vorbei, gefolgt von einem Feuerwehrauto. Männer und Frauen kommen ihm in der Finsternis entgegen und hasten mit eingezogenen Köpfen an ihm vorbei. Am Ende der Messergasse sind Häuser eingestürzt, ein paar Fassaden stehen allerdings noch. Wie eine Lawine ergießt sich durch Türöffnungen und Fenster das zerborstene Mauerwerk über die gesamte Straßenbreite und ganz sinnlos sprudelt inmitten des Chaos eine Wasserfontäne meterhoch aus aufgerissenen Pflastersteinen empor. Ein Bombeneinschlag muss da eine der Hauptleitungen getroffen haben. Die Mannschaften von zwei Feuerwehrwagen versuchen verzweifelt das gewaltige Leck zu schließen. Unter sie haben sich aber auch Bewohner gemischt, die das kostbare Wasser mit Eimern und großen Töpfen aufzufangen versuchen. Alles vollzieht sich vor Ernsts Augen in merkwürdiger Stille wie auf einem anderen Planeten. Szenen, von denen man allenfalls träumt.

Die Mühsal, die Hoffnungslosigkeit lassen alle Bewegungen träge werden.

»Junge, pack mal mit an«, fordert jemand Ernst auf.

Es dauert eine Weile, bis Ernst sich gefasst hat. Das Entsetzen über die tatsächliche Zerstörung im Innern der Stadt lähmt ihn. Eben beginnt in der Nähe eine Kirchturmuhr zu schlagen. Der Klang scheint von der Elisabethkirche zu kommen, unbeirrbar klar und voll. Wahrhaft irrwitzig, auch wenn die Stadt von russischen Bomben Stück für Stück eingeäschert wird, steht doch weiter irgendwo ein Turm.

»Kannst du nicht mit zupacken?«, ruft ihm der Uniformierte noch einmal zu. Was muss er denn befürchten, wenn er sich gleich drückt? Dass man hinter ihm herläuft, ihn an den Armen festhält?

Zwischen ihm und der Ruinenhalde klafft ohnehin ein Graben. Los lauf schon, hier ist sich jeder selbst der Nächste, dir hilft auch keiner. Wenn er sich jetzt um die Ecke stiehlt, die ihm am nächsten ist, wenn er Haken schlägt und sich nicht noch einmal umsieht, kommt er sich doch etwas gottlos vor.

Als die Uhr aufhört zu schlagen, holt Ernst Luft, er blickt sich noch einmal um, seine Ängstlichkeit ist groß. Bis hierher hat keiner ihn verfolgt.

Eine Straßenbahn, deren Fenster mit großen Pinselschwüngen blau angemalt sind, sodass kein Lichtstrahl nach außen dringt, fährt vorüber. Bgleitet von einem leisen Zischen fährt ein Lichtblitz die Oberleitung entlang. Wie ein Bienenschwarm drängen die Menschen sich nun um die Ausgänge. Knäuel von Koffern und Menschen haben sich erneut an der Haltestelle gebildet. Und Ernst sieht gedankenlos zu, wie die Elektrische sich langsam wieder in Bewegung setzt. Die Menge hat ihn aufgesogen, schiebt ihn nun langsam vor sich her. Gesichter werden zu blassblauen Ovalen. Tanzen auf und ab, bis sie sich in der Dunkelheit verlieren.

Ein Gesicht kommt ihm vertrauter vor als andere. Kann man das bei dieser Grabesbeleuchtung wirklich sagen? Doch.

Die Pelzmütze, der lange dunkle Mantel mit dem hohen Kragen, so sieht Gödela aus. Jetzt erkennt er sie auch an ihrer Haltung, an ihrem Gang. Gödela!

Sie wendet sich nach rechts und gerät in eine Menschentraube.

Ernst läuft hinter ihr her und versucht mit Armen wie ein Eisbrecher die Menschenwand zu durchbrechen.

»Gödela!«

Endlich dreht sie sich um, ohne stehen zu bleiben, aber Ernst holt sie ein und fasst sie beim Arm.

»Erkennst du mich jetzt? Ich bin's, Ernst Schlawe.«

»Es ist so dunkel«, sagt sie wie zur Entschuldigung.
Davon hat Ernst schon geträumt. Ihr plötzlich so gegenüberzustehen. »Mensch Gödela. Ist das nicht ein Wunder?«
»Ich komme gerade aus dem Vinzentiuskrankenhaus«, sagt Gödela nüchtern. »Meine Mutter besuchen, die liegt da mit Lungenentzündung.«
Ernst könnte sich ohrfeigen, ihr so töricht von Wunder zu reden, dabei hat sie sicher Probleme. Warum fällt einem in solchem Augenblick nichts Angemessenes ein?
»Und wie geht's dir so? Und Trudel?«
»Schwer zu sagen«, stottert er. »Trudel habe ich schon lange nicht gesehen, vielleicht ist sie schon in Westdeutschland. Und was machst du hier?«
»Ich will zu einer Verwandten, die in der Weisgerbergasse wohnt.«
»Da haben wir fast denselben Weg. Soll ich dir die Tasche tragen?«
»Ist nicht nötig.«
Ernst spürt, wie schwierig eine Unterhaltung ist.
»Mein Großvater ist im Oktober gestorben«, sagt Gödela ohne besonderen Ausdruck in der Stimme. »Von Josel haben wir auch nichts mehr gehört und jetzt sind wir auch noch ausgebombt.« Gödela streckt eine Hand aus dem Muff und zieht sich die Mütze tiefer ins Gesicht. Und Ernst kann spüren, dass dies eine Reaktion auf die Dinge ist, die sie beunruhigen.
»Ach tut mir das Leid«, sagt er.
Gödela fährt sich mit einer Hand unter die Pelzmütze. Freimütig erklärt sie: »Jetzt habe ich mir wohl auch noch Läuse

geholt. Im Luftschutzkeller trifft man ja auf die merkwürdigsten Existenzen.«

Es hat angefangen zu schneien und die Kristalle bleiben auf der Haut kleben. Manchmal ist es, als versuche Gödela schneller zu laufen, während Ernst seine Schritte eher bremst. Fieberhaft arbeitet sein Gehirn, um einen Weg zu finden, sie in seiner Nähe zu behalten.

»Wenn du wüsstest, wie froh ich bin«, sagt Ernst und versucht Gödela ins Gesicht zu sehen. »Dass ich endlich einen mir bekannten Menschen getroffen habe. Und dann noch ausgerechnet dich.«

»Ich auch«, sagt sie. Das verwirrt Ernst und macht ihm gleichzeitig Hoffnung.

»Ich weiß noch gar nicht, wo ich heute schlafen soll.«

Das ist sie, die Gelegenheit. Wie macht man das? Jemand wie dich bitten mir für ein paar Stunden heute Nacht deine Nähe zu schenken.

Der nächtliche Gang führt die zwei über die Ostseite des Schlossplatzes, wo wie an allen öffentlichen Plätzen in enger Reihe die Langrohrgeschütze aufgefahren sind. Wie urzeitliche Ungetüme mit in den Himmel ragenden Hälsen stehen sie da. Unheimliche Konturen auf die schneeblauen Flächen malend. Auch hier muss es wohl schon Einschläge gegeben haben, denn in großen Haufen liegen Trümmer an beiden Seiten des friederizianischen Schlosses, das Ernst so still und dunkel an eine riesige Leichenhalle erinnert.

»Warst du schon einmal in einem Luftschutzkeller?«, fragt Gödela.

»Noch nie«, sagt Ernst.

»Ich weiß nicht«, beginnt sie mit leiser Stimme, »man fühlt sich ganz wehrlos, rettungslos ausgeliefert, verstehst du, was ich meine?« Sie spricht fortwährend mit ganz leiser Stimme, so als wolle sie nicht zu erkennen geben, wie aufgeregt sie ist.

»Manche richten sich da schon ganz häuslich ein, so als sei das Leben im Luftschutzkeller etwas ganz Alltägliches. Manchmal feiern die da in so einer Art ›Nach uns die Sintflut‹-Stimmung, während über ihren Köpfen die Wohnungen in Asche fallen.«

Gödelas Stimme wird bitter.

»Und Alkohol ist da auch reichlich im Spiel.« Sie sieht Ernst einen Moment lang von der Seite an.

»Ich finde«, sagt sie noch, und das klingt sehr vernünftig, »dass die Moral zu sinken beginnt.«

»Das haben alle Kriege so an sich«, entfährt ihm ganz überflüssigerweise. Zugegeben, eine dämliche Bemerkung, für die er sich, kaum ist sie geäußert, schämt.

»Mir ist der Krieg so verhasst«, sagt Gödela mit Inbrunst.

»Mir ebenfalls.« Dies wäre der rechte Augenblick, ihr von seinem Entschluss, abzuhauen, zu berichten. Das andere Wort »desertieren« wagt er nicht einmal zu denken.

»Wenn alle auf einmal davonmachen würden«, sagt sie, »dann wäre der Krieg doch zu Ende.«

Ihr Gesicht mit dem bewundernswert feinen Profil kommt plötzlich aus dem Schatten des Pelzkragens hervor. Sie stöhnt auf.

»Wenn man das nur so einfach könnte! Hab du mal eine kranke Mutter, die eine Lungenentzündung hat und schon beina-

he erstickt wäre. Und wo man erst einmal abwarten muss, was die Ärzte dazu sagen. Und nun noch die Arbeitspflicht. Jetzt lassen die uns ein neues Rollfeld bauen draußen auf der Friesenwiese, damit die großen Jus da landen können.«
Gödelas Hand fährt aus dem Muff, streicht ganz unwirsch eine Locke zurück, auf der Schneesterne glitzern. Die Schneekönigin von Andersen, geht es Ernst durch den Kopf.
»Ist das nicht erbärmlich«, sagt sie, »Kinder für den Krieg zu missbrauchen? Jungen ab zehn und Mädchen ab zwölf. Ich hasse sie alle. Die Wehrmacht ebenso wie die braunen Vogelscheuchen.«
Ihre Stimme hat an Kraft gewonnen.
»Sicher weißt du auch«, sagt Gödela mit plötzlich wieder leiser Stimme, »dass die Partei auf jede Arbeitsverweigerung die standrechtliche Erschießung angeordnet hat.«
Ob sie auch begonnen haben nach ihm zu fahnden, fragt sich Ernst im Stillen.
Der Schnee unter den Sohlen knirscht wie bei ihren Winterwanderungen in Krummhübel oder rund um die Schneegrubenbaude. Wie schön müsste es sein, mit Gödela von Baude zu Baude zu stapfen.
Eben hebt Gödela den Arm. »Siehst du die Sterne?«
»Wo?«
»Da über uns.«
Ernst überfällt eine Ahnung wie ein Blitz und in derselben Sekunde fangen ringsum die Sirenen an zu jaulen. Die Vorboten der Hölle. Fliegeralarm.
Nie über einen freien Platz gehen, funkt sein Unterbewusstsein, immer entlang der Häuserwände.

Automatisch hat er Gödela an der Hand gefasst und ist in einen Trab verfallen, bei dem sie kaum folgen kann.
Die Sterne, mein Gott, viel größer als vor Sekunden noch.
»Ich kann nicht so schnell«, ächzt Gödela. Verbissen zerrt Ernst Gödela aus dem Schnee, so schnell kann kein Sinnesorgan mithalten. Jeder Gedanke, jeder Blick zu langsam, ein angefangener Satz bleibt so stehen. Das Gefühl, ein Todesschatten senke sich nieder, blitzschnell und doch langsam genug, um die verheerende Last loszuwerden. Luftmine oder Granate? Es wirft sie um, dann ein helles Pfeifen oder ein dumpfes Bersten. Vielleicht auch umgekehrt, alles geschieht, ohne dass man noch denken kann. Alles gleichzeitig. Die Detonation. Das Hochspritzen von Steinen und Schnee, das Zischen und Aufglühen einer Oberleitung, die krachend herabgerissen wird. Und zuletzt noch dieser Ausdruck hellen Entsetzens in Gödelas Gesicht. Pjerunnje noch mal, jetzt ist sie auch noch umgeknickt, gerade in dem Augenblick, in dem man seine Beine braucht, um damit sein Leben in Sicherheit zu bringen.
»Du kannst jetzt nicht stehen bleiben, komm ich trage dich.«
Die Druckwelle hat ihr die Mütze vom Kopf gerissen und sie weit davongetragen, jetzt stehen ihre dunklen Haare als wirre Konturen gegen den brennenden Hintergrund, machen ihr Gesicht zum Medusenhaupt. »Gödela, bloß weg hier, die kommen gleich wieder zurück.«
Gödela wiegt nicht viel, das Schwerste an ihr dürfte der Flauschmantel sein. Trotzdem ächzt Ernst unter der Last.
»Mach unsre Herzen hart und stark, das andre wollen wir

selber tun.« Beim Sportfest der Breslauer Helfer im Stadion ist er vor zwei Jahren allen davongelaufen, achthundert Meter, seine Lieblingsstrecke. Und ein andermal beim Vielkampf der Batterie war er Mannschaftszweiter. Mit Gödela auf dem Arm atmet er stoßweise.

»Setz mich wieder ab«, verlangt sie, »wird schon irgendwie gehen.«

Jetzt holt der Schock sie ein und ihre Beine knicken einfach unter ihr weg. Er hebt sie wieder auf und drückt sie an sich. Heulen könnte er und ist doch gleichzeitig voller Hoffnung.

»Es ist nicht mehr weit«, verspricht Ernst, »nur noch ein paar Meter. Gleich kannst du das Bein hochlegen und ich mach dir einen Wickel.«

Auf der Reuschestraße sieht man Leute vor ihren Häusern stehen, unentschlossen, ob sie zurück in ihre Wohnungen oder in den Luftschutzraum gehen sollen. Koffer stehen vor den Eingängen und zwingen Ernst und Gödela durch den zerstampften Schnee zu waten. Irgendeiner in Parteiuniform gibt Anweisungen. Einer von denen ist immer da, stellt Ernst fest. Halblaut sagt er:

»Erst haben sie uns die ganze Suppe eingebrockt, jetzt tun sie immer noch, als wüssten sie, wie man sie wieder auslöffelt.«

Gödela stöhnt als Antwort. Dann sagt sie: »Auf solche Kindereien kommt es jetzt doch gar nicht mehr an.«

Sechs kleine Präludien

Da sind wir schon«, sagt Ernst und deutet mit der erstarrten Hand in die Richtung, in der das Haus steht.

»Ist es dort auch sicher?«

Vielleicht fürchtet sie sich vor ihm, er hört sie laut atmen.

»Bombensicher«, gibt er zur Antwort und merkt erst zu spät, wie makaber diese Erklärung klingt.

»Was ist das für ein Haus?«

»Es gehört Bekannten von uns, die geflüchtet sind«, erklärt er und wundert sich im Stillen, wie leicht ihm die Lüge von den Lippen geht. Aber das lernt man in solchen Zeiten, ohne mit der Wimper zu zucken. Wenn es einem nur irgendwie nützlich ist. »Ich gehe ein paar Schritt voraus«, sagt Ernst und lässt Gödelas Arm und ihre Tasche los.

Er ist sich sicher, dass sie nur deshalb mit ihm geht, weil ihr Fuß so schmerzt. Er dreht den Schlüssel im Schloss und schiebt den Riegel zurück. Er wendet sich nach ihr um und sagt: »Komm doch rein!«

Aber sie bleibt ein paar Meter vor dem Hintereingang unschlüssig stehen. »Ob das deinen Bekannten auch recht wäre?«

»Komm nur rein.«

Ernst bemüht sich vor ihr den Eindruck zu erwecken, als sei er mit den örtlichen Verhältnissen ganz vertraut.

»Setz dich erst einmal, bis ich Licht gemacht habe und den Ofen in Gang gesetzt. Im Wohnzimmer stehen bequeme Sessel, da kannst du dein Bein hochlegen.«

»Es ist so dunkel«, sagt sie ängstlich und hält sich an seinem Mantel fest. »Kann man denn kein Licht machen?«
Wie dumm von ihm, nicht als Erstes heute Nachmittag eine Kerze in greifbare Nähe gestellt zu haben.
Er führt sie in den Salon und tastet nach einem Sessel für sie.
»Hier ist auch ein Klavierhocker, da kannst du das Bein drauflegen. Wenn wir erst Licht haben, mach ich dir einen Wickel drum.«
Hoffentlich kriegt er das Feuer in Gang. Und hoffentlich findet er ein paar Kerzen. Ernst läuft im Dunkel durch das eiskalte Haus und stolpert vor Aufregung über eine Schwelle.
Die Lage ist so neu und überraschend für ihn. Aber er könnte sich jetzt ohrfeigen, vorhin bei Tageslicht nicht alles besser vorbereitet zu haben. Wenigstens weiß er schon, dass der Ofen genau wie in der Kaiser-Wilhelm-Straße vom Entree aus zu beheizen ist. Scheibe bei Glatz, lass alles gut gehen, sagt er sich.
In der Küche ertasten seine Hände, nachdem er überall angestoßen ist und alles Mögliche umgestoßen hat, einen Gasanzünder und einen Kerzenstummel. »Achgottachgott«, murmelt er, als er nicht augenblicklich den rechten Hahn findet, schon kann man das ausströmende Gas riechen. So einfach ist es nicht, in einem fremden Haus zu sein.
Ich werde mir gleich noch etwas einfallen lassen müssen, überlegt er, wenn Gödela Fragen über die Hauseigentümer stellt. Also bitte, hier ist Licht und gleich wird es auch warm.
Schatten tanzen über den Boden und malen unheimliche

Bilder an die Wände. Gödela hat ihren Kopf gegen die Sessellehne gelehnt und ist eingenickt. Aber als der flackernde Kerzenschein in ihr Gesicht fällt, wacht sie wieder auf.

»Ich hab schon Wasser für Tee aufgesetzt«, sagt Ernst und stellt die Kerze neben Gödelas Sessel auf den runden Tisch.

»Versteh nicht«, sagt sie, »wie du den Schlüssel zu diesem Haus gekriegt hast.«

Sie sieht Ernst in Erwartung ausführlicher Erklärungen ins Gesicht und lässt, als diese ausbleiben, den Blick durch den dämmerdunklen Raum schweifen.

»Das habe ich doch schon erklärt«, sagt er unsicher. Und als Gödela jetzt ihre Aufmerksamkeit auf ihr hochgelegtes Bein verlagert, sagt er bereitwillig und diensteifrig:

»Erst schau ich mir das an, dann mach ich dir einen Wickel.«

»Man kann bestimmt nichts sehen. Außerdem verstehst du doch gar nichts davon.«

»Mein Bruder ist doch schließlich Arzt, Internist«, fügt er noch hinzu, »da bekommt man schon 'ne Menge mit. Am besten wär natürlich 'n Wickel mit essigsaurer Tonerde.«

Hauptsache, sie lässt von dieser Fragerei ab, was Gescheites ist ihm auch noch nicht eingefallen.

Die Schnürsenkel sind ganz vereist und lassen sich mit klammen Fingern nur mühsam aufknoten.

Während er sich abmüht, spürt er Gödelas Blick auf sich ruhen. Worüber sie wohl die ganze Zeit nachdenkt?

»Immerhin ein Junge mit Benimm«, sagt sie. »Wie alt bist du eigentlich?«

»Fast siebzehn«, sagt Ernst schnell. Endlich hat er die verdammten Schnürsenkel aufgekriegt und macht sich daran,

ihr die schweren Treter von den Füßen zu ziehen. Auweia. Gödela stößt einen Schmerzenslaut aus. »Kein Wunder«, sagt Ernst, »ist ja ganz dick geschwollen.«
Sie kneift die Augen zu Schlitzen zusammen und beißt sich mit den Zähnen auf die Lippen.
»Bestimmt ist er verstaucht.«
»Sehr schlau«, sagt sie ärgerlich, »natürlich ist er verstaucht.«
»Bleib ganz ruhig sitzen und ja nicht bewegen.«
Sie wird einsehen, dass sie ihn braucht. Ernst verspricht einen Wickel zu machen, wenigstens mit heißem Wasser, wenn schon nicht mit essigsaurer Tonerde. Es tut ihm gut, so diensteifrig zu sein. Jetzt, wo er schon nicht mehr an den zahllosen Heldentaten für das Vaterland teilhaben kann, die wohl in diesem Moment auf den Schlachtfeldern und gewiss auch in seiner Batterie begangen werden.

»Das ist ganz eigenartig«, sagt Gödela mit leiser Stimme, »etwas ganz Verrücktes.«
»Was meinst du damit?«
»Dass ich mit dir hier allein in einem Haus bin, noch dazu in einem völlig fremden. Hätte ich mir das heute Morgen träumen lassen? Wenn ich morgen meiner Mamusch davon erzähle . . .«
»Brauchst es ihr ja nicht gleich zu erzählen«, unterbricht Ernst sie.
»Ich erzähl ihr sonst aber immer alles.«
»Aber jetzt, wo sie so krank ist, solltest du dir vielleicht überlegen, was du ihr erzählst«, gibt Ernst zu bedenken.

Nicht dass Gödelas Mutter etwa auf die Idee kommt, ihrer Bettnachbarin von dem Haus in der Nadlergasse zu berichten, und die hat zufällig einen Freund in der Partei.

Gödela, eine Bunzeltasse voll heißen Hagebuttentees in der Hand, der mit einem Tropfen Rumverschnitt angereichert ist, nickt gedankenverloren. »Hast Recht, wer weiß, ob Mamusch das gut täte. Ist sowieso viel zu viel Aufregung um sie. Sieben sind sie im Zimmer, was da so rumerzählt wird.«

Gödela stöhnt ein bisschen und Ernst weiß nicht, ob es wegen ihrem Knöchel ist oder wegen der Sorge um ihre Mamusch.

Den Knöchel hat Ernst sorgfältig bandagiert. Hanne würde ihn loben. Mit einem festen Streifen Leintuch aus einem Wäscheschrank im oberen Stockwerk, den er in heißes Wasser getaucht hat. Sogar einen Tropfen Uralt Lavendel hat er dem Wasser zugesetzt, in der Hoffnung auf einen heilenden Effekt. Und darüber dann einen trockenen Socken gezogen, auch von oben aus dem Wäscheschrank.

Obwohl er sich plötzlich nicht mehr sicher war, ob man eine Schwellung überhaupt mit einem heißen Wickel behandelt und nicht gerade das Gegenteil nötig war, ein Eisbeutel?

Aber Gödela scheint der warme Wickel gut zu tun.

Sie haben Griesbrei gegessen und dazu ein Glas Mirabellen aufgemacht. Jetzt brennt sogar ein Feuer in dem Ofen. Die Köchin möge verzeihen, dass dies nur durch eine Hand voll Quirle und Kochlöffel zu Stande gekommen war, in Ermanglung von anderem Anmachholz. Ernst hat ihre beiden

Lehnstühle ganz nah an die Luke des Kachelofens geschoben, aus der eine wunderbar warme Wolke in den kühlen Raum fließt. Gödela muss in Gedanken bei ihrer Mamusch sein. Im Krankenhaus, berichtet sie, hätten sie nicht mehr genug Betten für die Verwundeten, das hieß Betten schon, aber keinen Platz, um sie aufzustellen. Und jeden Tag kämen Neue hinzu.

In Gedanken streicht sie über ihr verletztes Bein.

Was man da alles an Schrecklichem sieht! Unter Kopfschütteln lässt Gödela die Bilder in ihrer Erinnerung auferstehen.

Einem fehlten beide Arme, er lag einfach so da und weinte. Und einer Frau hatten Granatsplitter das ganze Gesicht zerrissen. Das sei schon fünf Wochen her und jetzt hätten sich lauter rote Wülste um die Wunden gebildet. Wie ein menschliches Gesicht hat das nicht mehr ausgesehen.

Er betrachtet ihr zartes Gesicht im Kerzenlicht mit den großen Schatten, die die Augen verbergen. Was für schreckliche Erlebnisse für ein junges Mädchen, denkt er und sagt verallgemeinernd: »Ich weiß auch nicht, was an diesem Krieg noch erstrebenswert sein soll. Außer der Ausdauer, mit der Menschen sich gegenseitig bekämpfen.«

»Das findest du erstrebenswert, was redest du da? Du glaubst wohl noch an einen Endsieg.«

Misstrauen liegt auf einmal in ihrer Stimme.

»Nein, tu ich nicht«, beeilt Ernst sich zu versichern. »Keiner aus meinem Jahrgang glaubt das noch, ich hab das mit dem Krieg nur so gesagt, mein Bruder Hanne ist doch auch da draußen. Er kann dichten wie Hölderlin und alle Sterne kennt er beim Namen, aber jetzt haben wir schon Monate nichts mehr von ihm gehört. Und auch nicht von meinen beiden Schwägern. Karl ist Kampfflieger, der nimmt immer Pervitin, kennst du das?«

»Kenn ich«, sagt Gödela, »man soll mutig davon werden. Ist das nicht Trudels Verlobter?«

»Sie haben noch ganz schnell geheiratet. In der Kirche Wang, warst du da schon einmal?«

»Natürlich war ich schon dort, was denkst du denn.« Und nach einigem Nachdenken sagt Gödela noch: »Trudel, die ist doch auch erst achtzehn wie ich.«

»Neunzehn.«

Ernst staunt, wie geschwind in ein kaltes, unbewohntes Haus das Leben einziehen kann. Die Sorgfalt, die er Gödela hat angedeihen lassen, und die heimliche Beharrlichkeit von Anfang an haben dazu das Ihre beigetragen. Jetzt herrscht eine warme, vertrauliche Stimmung zwischen ihnen. Die Wolke, die warm aus dem Kachelofen schwebt, hat sie eingehüllt, an den blauen Pfauenaugentassen wärmen sie sich die Hände.

»Eigentlich müsste ich dir noch mehr erzählen«, beginnt Ernst einen Satz wie eine Frage. »Von mir, soll ich?«

»Erzähl.«

Einen Moment lauscht er auf das Geräusch eines Fahrzeugs draußen, das anschwillt und dann wieder abebbt, seine Gedanken streifen das Fahrrad, das er nun nicht mehr geholt hat, die plötzliche Wärme lässt die Kacheln des Ofens knacken.

»Ich bin weggelaufen«, sagt Ernst.

»Das hab ich mir schon so gedacht. Weil ich gehört habe, dass sie keinen mehr weglassen.«
»Ich hatte einen Sonderauftrag«, fährt Ernst erklärend fort. »Ich hatte zu tun.«
»Das ist doch Unsinn«, sagt Gödela.
»Es stimmt aber, ich war Kurier für den Leutnant bei einer Frau.«
»Kurier, wie sich das anhört«, spottet Gödela.
»Wahrscheinlich seine Geliebte, eine schöne blonde Frau jedenfalls. Ich habe mir von Anfang an vorgenommen nicht mehr zurückzugehen.«
»Ich verstehe«, sagt Gödela, »wann war das mit deinem Auftrag?«
»Was ist heute für ein Tag?«
»Der elfte Februar.«
»Es war erst heute früh.« Und dann fährt er übergangslos fort. »Letzte Woche haben sie Kleinert aus meiner Klasse erschossen. Dabei hatte er mir noch am Abend zuvor aus seinem Tagebuch vorgelesen. Außer meinem Vater habe ich noch nie einen Toten gesehen. Ich denke, es ist etwas anderes, wenn jemand mit fünfzehn oder sechzehn stirbt, ein Mensch wie mein Vater hat doch wenigstens schon fünfzig oder sechzig Jahre gelebt. Willst du noch Tee?«
Sie schüttelt den Kopf und schaut auf seine Finger, die sich wie von allein bewegen.
»Es ist nicht etwa so, dass ich besonders feige bin. Gewiss nicht.« Wie um sich Bestätigung zu holen, blickt er ihr direkt ins Gesicht. Gödela schweigt.
»Aber als Rico verschwand, war plötzlich alles anders. Es ist

etwas ganz anderes, wenn man einen Freund hat. Kälte, Hunger, Angst: Man sieht sich in die Augen und denkt, das hältst du aus, wenn der es aushält. Und wenn man aus einem Alptraum aufwacht, weiß man doch gleich: Ich hab einen Freund.«

Ob ein Mädchen das verstehen kann?

»Hmm.« Gödela nickt schläfrig.

»Ich wollte es dir nur sagen.«

Ernst legt eine Hand auf die von Gödela. »So wie Kleinert es mir gesagt hat, einen Abend bevor er starb.«

»Hör mir auf immer vom Sterben zu reden, ich will leben.«

»Ich doch auch.«

»Dann sprich bitte nicht mehr davon.«

»Entschuldigung. Man muss es einfach von Zeit zu Zeit jemand erzählen, so wie ich jetzt dir. Wenn man keinen mehr hat, dem man alles sagen kann, dann muss man es den Wänden erzählen. Den Wolken, den Sternen oder den Bäumen. Weil man sonst verrückt wird.«

Gödela tut ihm den Gefallen, ihre Hand nicht unter seiner wegzuziehen. »Ich sage ja, die bringen es fertig, Menschen kaputtzumachen.«

»Eigentlich wollte ich dich beschützen«, sagt Ernst noch mit feuchten Augen, »und jetzt ist mir selber zum Flennen zu Mute.«

Er schnieft ein bisschen und rückt unmerklich noch einen Zentimeter näher. In der Hoffnung, dass sie das gleiche Bedürfnis hat wie er. Mädchen waren ihm ja von Anfang an ein Rätsel, eine Geheimschrift, die nur mit einem Zaubertrick lesbar wird.

Warte nur. Gleich werden meine Augen ganz sanft und ich ziehe meine Hand dort weg. Oder doch nicht?
Nur um dir antworten zu können.
»Ich habe von dir geträumt«, sagt sie.
Genau das ist es, was er mit Rätsel meint.
»Ich auch«, sagt er, »dass du mir immer näher kommst und ich dich berühren kann.«
Es stimmt also. Dass sie ihre Hand unter seiner wegzieht, um sie auf seine Wange zu legen, in beide Hände sein Gesicht zu nehmen.
»Du stichst ja wie ein Kaktus«, sagt Gödela plötzlich und lacht. Und lässt sein Gesicht fallen.
Scham lässt sein Gesicht rot anlaufen. Als wüsste er nicht, dass er sich längst rasieren müsste.
Jetzt macht sie sich wieder ein bisschen fremd und legt ihre wohltuenden Hände auf die angewärmten Kacheln an Stelle seines Gesichts. Sollte einer schlau aus Mädchen werden. Trotzdem ist etwas zwischen ihnen in Gang gekommen, eine Art Stoffwechsel, der sie vereinigt. Eine Verschwörung, in die beide hineingeraten sind.
»Wir sitzen hier wie Gefangene«, sagt Gödela plötzlich. »Wie auf einer Insel, ob wir noch einmal heil runterkommen.«
Beide blicken in die Kerze, die vor ihnen brennt, manchmal leise flackernd in einem nicht wahrnehmbaren Luftzug, und ihr warmes gelbes Licht hüllt sie ein.
Ernst hat die Idee, einfach hier in dem Haus zu bleiben, zusammen mit Gödela. Niemand würde sich mehr ungefragt in ihr Leben mischen und sie bedrohen, eine unsicht-

bare Hand würde das Haus beschützen, über die Belagerungszeit hinweg bis zur Kapitulation, denn dass Breslau noch lange gehalten werden wird, ist ohnehin zweifelhaft. Überhaupt lebt es sich in diesen Zeiten anders. Von heute auf morgen. Von einem Augenblick auf den nächsten. Von einem Alarm bis zur nächsten Entwarnung.

»Weißt du, was, du bleibst ab jetzt hier bei mir.«

»Etwas Verrückteres könnte dir wohl nicht einfallen«, sagt Gödela und wird wieder ernst. Durch die halb offene Tür sieht sie ihm beim Kohlenachlegen zu.

»Ich muss morgen wieder zu Schanzarbeiten, am besten, ich gewöhne mich gar nicht erst ans Stillsitzen.«

Hier drinnen ist es schön warm.

Als er zurückkommt, legt er einfach den Arm um ihre Hüften. Er sagt: »Den Mantel kannst du aber nun wirklich ausziehen.«

»Wer weiß«, sagt sie, »mir ist es lieber, wenn ich ihn anbehalte.«

Ihre Augen flackern. Sie hält still.

Zu dem Knistern des Feuers ist das ferne Grollen von Detonationen zu hören. »Mir ist«, sagt er Gödela ins Ohr, »als seien wir auf einem anderen Planeten. Vielleicht auf der Venus.«

Und er hört, wie sie antwortet: »Mars.«

»Wie bitte?«

»Ich sagte auf dem Mars, das ist doch der Kriegsgott.« Und setzt dann noch hinzu: »Ich glaube, du bist ein Träumer, Ernst Schlawe.«

Gödelas Haare kitzeln ihn auf der Wange, an den Lippen. In

ihrem Haar vergräbt er für Augenblicke sein Gesicht, bevor er wieder auftaucht und leise sagt: »Ja, ein Träumer, das bin ich wohl noch immer.«

Gödela wirkt angespannt. Etwas nach vorn gebeugt, lauscht sie auf die Detonationen, die lauter geworden sind und an Häufigkeit zugenommen haben. Ihre Knie unter dem dunklen Mantel, die in groben blauen Skihosen nur zu ahnen sind, stoßen an seine. Von dort, scheint es, springt die elektrisierte Gespanntheit auf ihn über. Wenn man doch so leicht und angenehm benebelt von der warmen Wolke, ihrer Nähe und dem Rumverschnitt dahintreiben könnte durch die Nacht. Ernst starrt auf einen ungewissen Punkt zwischen ihren Knien in den scheußlichen Hosen. Es verwirrt ihn, dass er in diesen Augenblicken an ihren zierlichen Mädchenkörper denken muss, mehr noch, dass ihn die Vorstellung davon wie ein Zwang überkommt, sich ganz an sie zu legen, sie mit nichts als seinem Körper zuzudecken und vollständig in sich aufzunehmen.

»Du darfst mich aber nicht so anschauen«, sagt Gödela.

Ernst darauf: »Es ist aber schön.«

Da zieht sie ihre Knie weg, sodass der unsichtbare Strom abbricht, es kalt wird, wo eben die Berührung stattfand, sogar die Kerze flackert. Mit dem Rücken zu ihm gewandt, spricht Gödela einen Satz in den Raum, der ihm fast unheimlich vorkommt.

»Mensch, werde wesentlich, denn wenn die Welt vergeht, so fällt der Zufall weg. Das Wesen, das besteht.«

»Mensch, sag so was nicht.« Er ist ihr nachgegangen und versucht noch einmal den Arm um sie zu legen. Aber jetzt

ist er sich ihrer Nähe gar nicht mehr sicher. Ohne ihn anzusehen, sagt sie: »Das ist von Angelus Silesius, einem unserer großen Dichter. Kennst du das etwa nicht? Aus dem ›Cherubinischen Wandersmann.‹ Ich frage dich: Wie soll das jetzt weitergehen, Ernst Schlawe?«
Gödela weint und Ernst nimmt sie in den Arm.
»Mit uns?«
»Nicht mit uns, sondern wenn der nächste Angriff losgeht. Hier können wir doch nicht bleiben oder hat das Haus etwa einen Luftschutzkeller?«
Der Gedanke an diesen eiskalten, gruftigen Keller unter ihnen ernüchtert Ernst auf der Stelle.
»Ich werd hier nicht rausgehen«, sagt er störrisch, »mich wirst du in keinen Luftschutzkeller nicht kriegen. In jedem sitzt doch ein Blockwart oder ein Obmann mit drin und die haben ein Auge! Ich geh hier nicht raus.«
»Also, ohne dich geh ich hier auch nicht weg«, sagt Gödela und macht zögernd ein paar unbeholfene Schritte auf die Wandregale zu. »Ich wüsste auch nicht, wo ich jetzt hingehen sollte.«
Sie hält den Kopf schief, um die Titel auf den Buchrücken besser entziffern zu können. Ehe sie eines aus der Reihe zieht, dreht sie sich halb zu Ernst um. Sie sagt: »Wir dürfen nicht einschlafen. Wie wär's, wenn wir uns, um wach zu bleiben, abwechselnd vorläsen?«

Die Stunde vor Mitternacht wird er stets mit ihrer Stimme in Verbindung sehen. »Die Nacht ist warm«, liest sie, eine beliebige Seite eines beliebigen Buches aufschlagend.

»Um uns der Duft tausendfachen Blühens, Werdens, Gedeihens. Ich sitze auf der Bank vor dem Haus ihrer Eltern. Halina hat es sich bequem gemacht, ihr Kopf ruht in meinem Schoß. Die Lust am Tanz, der Krimsekt, unsere Jugend dienen zum Glück dieser Nacht.«

Gödela spricht mit leichtem Pathos, um zu verdeutlichen, wie lächerlich sie das Gelesene findet.

»Lass mal sehen!« Ernst ist aufgesprungen, nimmt ihr das Buch aus der Hand. Studiert den Einband. »Wolkava, noch nie gehörter Name.«

Auf der Suche nach Abwechslung schweifen ihre Augen umher. »Schade, dass es kein Grammofon gibt. Aber ein Klavier. Ernst Schlawe, du kannst doch Klavier spielen, komm spiel uns was vor. Oh weh, jetzt habe ich mir das Glas auf die Hose geschüttet. Jetzt werd ich auch noch nach Schnapsek riechen«, sagt Gödela.

»Oben ist ein Badezimmer, gleich rechts neben der Treppe, nimm die Kerze und geh es auswaschen.«

Er sieht den Raum im Dunkel versinken, lauscht ihren Geräuschen, tastet sich um den großen, runden Tisch, stützt sich auf den Deckel des Flügels, was den leisen Schrei einer Saite verursacht.

Ich habe lange, lange keine Taste angerührt, denkt er. In völliger Finsternis nimmt er Platz, nachdem er die Abdeckung hochgeklappt hat, lässt sekundenlang die Finger, wie Poszniak es empfiehlt, auf der Tastatur ruhen, die glatt und kalt unter seinen Fingerkuppen liegt. Dann beginnt er zu spielen, während durch Ritze in den Rollos in Abständen Lichtblitze in die Finsternis zucken.

Zuerst eine Fantasie von Georg Friedrich Telemann, danach eines der sechs kleinen Präludien von Bach, Stücke, die er par cœur spielen kann. In den hohen und tiefen Oktaven ist mancher Ton mehr als nur verstimmt, wie kann man ein Instrument nur so verkommen lassen? Leicht findet er nicht zu seiner alten Geläufigkeit, bei so klammen Fingern ist das nicht verwunderlich. Trotzdem hat ihn die Macht der Musik während des Spiels gepackt.
Die Viertelstunde nach Mitternacht lässt Ernst sich von ihr fortreißen, eingefangen von ihrer Verwandlungskraft. Für die Dauer eines Impromptus, das ihn mit seinen perlenden Läufen ein wenig in Schwierigkeiten bringt, lässt sich vieles vergessen.
Ich will nichts mehr von allem wissen, will blind sein, die Zeit und den Krieg da vor der Tür überlisten. Will, was ich verloren habe, für eine Viertelstunde zurückhaben, deine Gegenwart und deinen Trost, Musik. Wie kann man es nur so lange ohne dich aushalten. Der Kerzenschein fängt ihn ein. Zeigt einen in Inbrunst an die Klänge Ergebenen, angefangen bei der Neigung des Nackens, über den entrückten Ausdruck in seinem Gesicht bis hin zu den selbstständig sich bewegenden Fingern.
Als er Gödelas Gegenwart wahrnimmt, bricht er das Spiel ab.
»Spiel weiter, bitte, es hört sich so herrlich an.«
»Nein, jetzt nicht mehr.«
Ganz empfindlich ist er geworden, zu viel von seinem Leben steckt in der Musik, in der Art, wie er sie spielt.
»Warum denn nicht?«

»Ich kann jetzt nicht mehr spielen, das ist alles. Musik ist das Höchste oder das Tiefste, wie du willst.«
»Die schönen Klänge trösten einen doch«, sagt sie, »mein Gott, wenn du wüsstest, wie ich dich beneide. Glücklich muss man davon werden.«
»Manchmal schon«, sagt Ernst. »Aber jetzt ist es eher wie ein Schmerz, weil so viele Erinnerungen an den Tönen hängen. An zu Hause, meinen Bruder Hanne, Mämmi, an meinen Vater. Auch an den Tod.«
Gödela muss seine Ergriffenheit gespürt haben, denn sie schweigt und lässt, nachdem sie hinter ihn getreten ist, ihr Gesicht auf seiner Schulter ruhen. Er belässt es dabei, ohne sich zu regen.

Eine Art wilder Stoffwechsel

Gödela hat sich auf dem Sofa niedergelassen und die Beine hochgezogen und Ernst ist ans Fenster getreten. Die Stirn an die Scheibe gelegt, zählt er die Einschläge in dem Verlauf der nächsten Minuten. Das Stück Himmel zwischen den Häuserreihen leuchtet purpurfarben, ab und zu von den Bahnen weißen Lichts aus großen Scheinwerfern durchschnitten.

Da oben ist was los. Wie Wetterleuchten vor dem letzten Weltgewitter. Und hier das Haus wie eine stille Insel.

Wie viel Zeit haben wir noch, denkt er. Wenn man wüsste, was in einer Stunde sein wird, morgen, in einer Woche.

»Du kannst ruhig etwas schlafen«, sagt Ernst zu Gödela. »Ich bleibe wach.«

»Ich kann jetzt nicht schlafen«, sagt Gödela. »Weil ich immer denken muss.« Sie reißt ihn aus seiner Benommenheit. »Das Haus hier – gehört doch Juden, nicht wahr?«

»Wie kommst du denn auf die Idee?«

»Ich weiß nicht, am Anfang war da nur so ein Gefühl. Dass du die Unwahrheit sagst. Du hast manches nicht gefunden. Du wagst dich nicht in den Keller, weil du nicht weißt, wie es da unten aussieht. Außerdem erzählst du mir, das Badezimmer sei rechts, dabei ist es links.«

»Aber das erklärt doch alles nicht, dass das Haus Juden gehört.«

»Du hast Recht. Aber es stört mich, dass du mich belügst,

Ernst Schlawe. Und dabei noch nicht einmal ein schlechtes Gewissen zu haben scheinst.«

Sie treibt ihn in die Enge. Schamesröte steigt ihm ins Gesicht.

»Oben auf dem Nachttisch steht eine Fotografie, von einem Mädchen. Hast du die gesehen?«

»Natürlich.«

»Und, kennst du sie?«

»Ich war dabei, wie sie mit ihrer Mama in ein Auto stieg, das vor dem Haus hielt«, antwortet er vorsichtig.

»Also gib doch zu, dass du sie nicht kennst. Aber dafür kenn ich sie. Sie heißt Dora Lessing und ging in das Heilige-Geist-Gymnasium, eine Klasse über mir und ihr Vater hatte eine Tuchhandlung.«

Ernst könnte nicht weniger überrascht sein, wenn Gödela ihm eröffnet hätte, dies sei das Haus von Goebbels.

»Lies das«, sagt Gödela und wirft ihm ein kleines rotes Etui zu, in dem sich ein handgeschriebenes Büchlein befindet. »Das fand ich im Abfalleimer.«

Ernst fängt es auf. Seiten fallen heraus. Während er bemerkt, dass die Kerze bald zur Neige geht, liest er in einiger Aufregung:

27. März 43. Unsere Tage vergehen mit Schlafen, Essen, Kino, wieder Essen. Die Polen kauften alles zu enormen Preisen, besonders Samt, Spitzen, Gold und Zigaretten.

31. März. Fürchterlich sind die Gettos. Die Einwohner verringern sich dauernd. Allein in Lemberg seit Januar um sechzigtausend. Wohin sind sie gekommen? Wir hüten uns jemand danach zu fragen, geben uns die Antworten selbst. Arbeitsbataillone an der

Front. Das ist notwendig, das ist einzusehen, das ist normal. Manchmal hört man etwas anderes. Das Wort ›Judenaktion‹ verheißt nichts Gutes. Dann brüllten die Deutschen: Juden raus. Der jüdische Ordnungsdienst brüllt auf Polnisch und Jiddisch. Manchmal haben sie Hunde dabei. Wir rätselten, was wohl mit den Leuten geschah, die sie auf Lastwagen luden. Die Leute, die in der Gegend wohnten, sagten, dass sie gleich hinter dem Wald erschossen würden.

Ernst liest weiter:

Aber mach dir keine Sorgen. Unsere Papiere sind ganz hieb- und stichfest. Sie garantieren, dass keiner der nationalsozialistischen Besetzer uns hier ein Haar krümmen wird.

»Ich versteh das nicht«, sagt Ernst erregt. »Ich weiß nicht, wovon hier die Rede ist.«

Gödela schaut ihn nachdenklich an. »Und die Konzentrationslager und die Nürnberger Gesetze? Verstehst du wohl auch nicht.«

»Die Kazetts sind Arbeitslager für politisch missliebige Personen«, sagt Ernst, »sehr schön wird es in ihnen nicht sein. Und die Nürnberger Gesetze sind schlicht und einfach dumm.«

»So, warum denn?« Gödela ist plötzlich hellwach.

»Weil man die Frage hätte anders lösen können«, erklärt Ernst.

Woher kommt bloß diese Spannung zwischen ihnen?

»Ich hör dir zu«, sagt sie, »erklär mir, was du meinst.«

Ihm wird ganz eng in der Brust. Fast gegen seinen Willen sagt er: »Fest steht doch, dass in Politik, Wirtschaft und Kultur viele Juden an führender Stelle standen, besonders hier, hier in Breslau. Und dass die Juden für die Nazis nun mal die Buhmänner sind.«

»Du weichst mir aus«, sagt Gödela. »Du hältst es also für richtig, dass Intelligenz, Erfolg und Reichtum dann bestraft werden, wenn einer Jude ist?«

»Natürlich nicht. Aber es geht doch nicht, dass fünfundfünfzig Millionen Deutsche von ein paar hunderttausend Juden kommandiert werden. Stell dir vor, es gäbe einen jüdischen Staat, dann würde der sich doch auch nicht von ein paar Deutschen beherrschen lassen.«

»Du tust gerade so«, sagt Gödela mit leiser Stimme, »als seien die Juden in Deutschland Aussätzige.«

»Das meine ich nicht.«

»Dabei leben sie schon hunderte von Jahren in diesem Land.«

»Weiß ich schon, aber . . .«

»Findest du nicht, dass die ganze Rassenhetze wie eine neue Hexenverfolgung funktioniert?«

»Lass mich doch noch was erklären.«

»Das reinste Mittelalter!«

Obwohl sie so leise spricht, kann er spüren, wie erregt sie ist.

»Und was machen die Russen mit den Ukrainern?«

»Als wenn eine Unmenschlichkeit die andere rechtfertigte?«

»Du scheinst dich ja mächtig für diese Bande einzusetzen.«

»Tu ich auch!« Gödela ist zusammengezuckt und hat die Augen niedergeschlagen. »Kein Wunder«, sagt sie leise »Ich gehör auch zu dieser ›Bande‹.«

»Du bist?«
»Ich bin.«
Ernst dreht sich der Kopf.
Das Mädchen, das er nicht erst seit heute liebt, eine Jüdin? Und wieso war sie noch da? In Breslau.
Verzweifelt wirft er sich vor ihr zu Boden, schlingt seine Arme um ihre Beine. Versucht in der dämmerigen Stunde ihre Augen zu erreichen. »Verzeih mir die ›Bande‹«, sagt er. »Was ich gesagt habe, entspricht gar nicht meiner Meinung. Mir dämmert längst, dass wir auf dem Holzweg sind, Väti war auch klüger und ich habe ihn nicht richtig verstanden. Mir tut auch Leid, dass ich dich angeschwindelt habe, es geschah gewiss nicht in böser Absicht. Ich liebe dich doch, Gödela, ich liebe dich, glaub mir, und ich wollte einfach nicht alleine sein in dieser schrecklichen Nacht.«
»Ist schon gut, Ernst Schlawe. Ist auch nicht so schlimm, wie du vielleicht meinst. Ich bin nur ein 25-Prozent-Mischling ersten Grades, so heißt das wohl in der Amtssprache. Deswegen brauche ich auch keinen Judenstern zu tragen.«
Sie hat ihre Arme um seinen Kopf geschlungen, so fest, dass er fast keine Luft mehr bekommt.
»Aber neulich musste ich einen Arier-Fragebogen ausfüllen«, hört er sie sagen. »So was wie eine eidesstattliche Erklärung. Da habe ich den Geburtsnamen meiner Großmutter geändert. Obwohl darauf zwei Jahre Zuchthaus stehen, habe mich erkundigt.«
Nach einer langen Pause sagt Gödela noch: »Manchmal muss man seine Herkunft verleugnen, um zu überleben.

Aber du solltest es wenigstens wissen. Man kann mit so etwas nicht alleine leben, sonst – geht man glatt ein.«
»Und manchmal«, sagt Ernst, »muss ein Junge das Blaue vom Himmel schwindeln, damit das Mädchen, das er gern hat, bei ihm bleibt.«
»Der Krieg zwingt einen zu lügen, obwohl man das verabscheut, ist es nicht so?«
Und als ob Himmel und Hölle ihm eine Bestätigung liefern wollten, geht es in dem Augenblick los mit Alarm.
Die verdammten Nähmaschinen sind wieder über der Stadt, langsam und in ganz geringer Höhe tuckern sie über die Dächer, auch noch in prächtige Leuchtkugelerhellung gehüllt, dass sie von da oben jedes einzelne Haus in Augenschein nehmen können, bevor sie ihre todbringende Last darüber abwerfen.
Zusammen starren sie nach oben. »Jessesmaria, warum holen unsere die denn nicht runter?«, hört Ernst Gödela sagen.
Bring das mal fertig. Das wäre etwas, das er ihr nun tatsächlich sachkundig beantworten könnte, weil ihnen das schon in den ersten Wochen ihrer Ausbildung zu Flakhelfern mit entsprechenden Abbildungen der einzelnen Flugzeugtypen demonstriert worden ist.
»Mit gepanzertem Rumpf und Segeltuchflugwerk«, will Ernst gerade sagen, »sind die praktisch unangreifbar.«
Aber das Ende des Satzes geht unter, weil es draußen in dem Moment aufflуppt wie eine Batterie von Sektkorken, bevor etwas gewaltig detoniert, Gödela in embryonaler Haltung zu Boden geht, Glas wie Eiskristalle Ernst um die

Ohren fliegt, Mauerwerk und Fußboden unter den Sohlen mit dumpfem Gerumpel beben. Eine gewaltige Luftwelle reißt die Verdunklungsrollos aus ihren Befestigungen, Prismen klirren in wildem Sforzato, bevor der Leuchter zu Boden donnert. Alles geschieht gleichzeitig. Eine Art wilder Stoffwechsel der Dinge findet um sie herum statt, wirbelt und wirft alles durcheinander. Er hört noch Gödela schreien. »Lauf nach Hause« oder »Ich lauf nach Hause«, dann wird das Licht plötzlich schwächer.

Eigentlich sind wir nicht daheim.

Es brennt hier kein Licht.

Wenigstens in einem Zimmer sollten wir heizen.

Ich habe wirklich nicht gemerkt, wie kalt es hier ist. Und es riecht verqualmt. Als er wieder zu sich kommt, sitzt Gödela steif wie eine Puppe gegen die Wand gelehnt. »Ich muss zu meiner Mamusch«, sagt sie, »ich muss zu meiner Mamusch.«

Sie kann doch nicht laufen, denkt er und sagt ihr das auch.

»Wo ist meine Mütze«, fragt Gödela mit einer Stimme wie ein Automat. »Ich kann meine Handschuhe nicht finden.«

Ernst spürt, dass seine Wange blutet. Es muss ihm etwas auf den Kopf gefallen sein. Trotzdem, stellt er nüchtern fest, steht das Haus noch, der Brandgeruch kommt von draußen, durch das zersplitterte Fenster.

»Bist du verletzt«, fragt er Gödela, die sich vom Boden hochrappelt und mit den Handflächen Staub aus ihrem Mantel klopft.

Sie hebt ihren Kopf zur Decke, lauscht nach oben, scheinbar ohne etwas zu begreifen. Sie muss einen Schock haben, denkt er.

»Was du hörst, ist die Feuerwehr«, sagt er zu ihr, »auf der anderen Straßenseite brennt ein Haus.«
Sie will das aber nicht wissen und wiederholt nur den Satz: »Ich lauf jetzt nach Hause zu meiner Mamusch im Krankenhaus.«
Vielleicht sollte ich sie schütteln, denkt Ernst, nimmt Gödela aber dann ganz sacht in die Arme.
»Ich kann dich doch so nicht gehen lassen.«
Plötzlich ist es, als weiche die Starre aus ihr, ein ganz widerstandsloses Bündel ist sie in seinen Armen geworden.
Dann weint Gödela in seiner Umarmung wie ein Kind.

Nach der Entwarnung laufen sie hinaus in den Hintergarten und schauen nach, welche Häuser noch stehen. Auf der Rückseite des Hauses steht noch alles, die Treffer sind vorn in der Nadlergasse, zwei nebeneinander stehende Häuser.
Gödela sieht ihn groß an.
»Ich muss jetzt gehen.«
»Bleib.«
»Ich komme wieder.
»Dein Bein.«
»Und wennschon.«
»Kommst du wirklich wieder? Es muss aber vor vier Uhr sein. Jetzt ist es sechs Uhr morgens. Dich so allein in Gefahr bringen. Soll ich nicht mit dir gehen?«
»Es geht schon.«
Er sieht sie durch den Schnee davonhumpeln. Ich kann sie ja nicht festhalten, denkt er.

Wirst du auch nicht vergessen? Nach vier auf dem Nikoleiplatz bei der Schule. Seine Blicke saugen alles auf, was noch von ihr zu sehen ist.

Fluchtplan

Hier ist es noch nicht schlimm«, erklärt die Rotkreuzschwester den verschreckten Bewohnern. »Aber in anderen Teilen der Stadt, da soll es aussehen wie kurz vor oder kurz nach dem Jüngsten Gericht. Da ist kein Fenster mehr heil, die Oberleitungen hängen wie Spinnweben über den Straßen und aus den getroffenen Wasserleitungen sprudelt es wie die Wasserspiele in Marienbad. Ja – und schlimm sind auch die Ratten, wo die plötzlich alle herkommen?«

»Sie schnuppern die Toten.«

»Bei uns sind auch schon welche aufgetaucht, sie sind viel größer als sonst.«

»Die haben so viel Leichenfleisch gefressen.«

»Schon gut«, sagt die andere Schwester vom Roten Kreuz, »wir holen hier alle raus, sobald die da vorne die Straße etwas freigeräumt haben und ein Sanka durchkann.«

Wo sind Verletzte? Hier sind Decken. Wer will heiße Getränke?

Auf dem nackten Boden sitzen Leute und stöhnen.

Alle, die nicht verletzt sind, schaufeln die Eingänge frei.

Der da seine Stimme erhebt, trägt eine weiße Binde, aber die Leute achten nicht auf ihn. Er sagt noch: »Mit verdoppelter Arbeitskraft ist das zu schaffen.«

Der ist ja wahnsinnig.

Wo nimmt der nur seinen Optimismus her?

»Die Babitschen war nicht im Luftschutzkeller«, piepst eine

verängstigt klingende Stimme. »Die muss noch da drunterliegen.«
Die Leute stellen die Schaufeln auf die Spitze und starren auf den Trümmerhaufen.
»Hoffentlich haben Sie Ihr Haus zugeschlossen«, hört Ernst den ihm Nächststehenden zu seinem Nebenmann sagen. »Bei meinem Schwager haben sie, als der im Keller war, alles ausgeräumt. Aber die waren nur an Wertsachen interessiert.«
»Wer?«
»Keine Ahnung. Ostarbeiter, Vertriebene, Ukrainer, wer weiß schon, was sich heute alles in der Stadt rumdrückt.«
»Jetzt kann keiner mehr rein.«
»Das stimmt, und keiner mehr raus.«
»Wir sitzen hier drin wie die Maus in der Falle.«
»He, wollen Sie nicht auch mit anpacken«, ruft der Mann mit der Armbinde Ernst zu.
»Ich weiß nicht, ich habe keine Handschuhe.«
Unter erneutem Sirenengeheul sieht Ernst im Schritttempo ein Wehrmachtsauto die Straße entlangfahren.
»Herr Jesses, können die Bomber einem nicht mal eine Verschnaufpause lassen«, jammert eine alte Frau.
»Achtung!«, lässt sich durch das Sirenengeheul eine Stimme aus dem Lautsprecher vernehmen. »Die Bevölkerung wird aufgefordert augenblicklich die Luftschutzräume aufzusuchen, es ist in Kürze mit weiteren Bombenabwürfen zu rechnen.«
Ernst hat sich mit dem Rücken an die nächstliegende Wand gestellt, steht ganz still, kann im Vorbeifahren die Profile

der Männer in dem Fahrzeug sehen. Seine Angst ist zum jetzigen Zeitpunkt gewiss unbegründet. Als wenn jetzt noch jemand nach einem Fahnenflüchtigen suchen könnte, gewiss haben die zur Zeit andere Sorgen.

»Wer sich weiter auf der Straße aufhält, wird von der Polizei verhaftet.«

Eine junge Frau heult hoch und schrecklich auf. »Ich geh nicht mehr ins Haus, ich will hier bleiben, sonst wird der Keller noch mein Grab.«

»Das lässt du bleiben«, sagt eine ältere Frau.

»Kommen Sie, seien Sie nicht unvernünftig«, greift eine der Rotkreuzschwestern ein. »Hier auf der Straße ist es viel gefährlicher.«

»Mir schreibt keiner mehr vor, was ich zu tun habe oder nicht«, schreit die junge Frau.

»Anna, versündige dich nicht. Wegen deines Dickkopfs dein Leben aufs Spiel zu setzen.«

»So ist es nicht.«

»Lieber Himmel, was stehen wir hier noch rum.«

Langsam ziehen die schwarzen, vor dem feurigen Hintergrund wie Scherenschnitte wirkenden Gestalten sich zurück.

Nur die junge Frau steht immer noch wie von allen guten Geistern verlassen da.

»Du bist wahnsinnig!«

»Und wennschon.«

»Heilige Hedwig vom Berge, steh uns und ihr bei!«

Man kann deutlich hören, wie die Einschläge näher kommen.

Als die Straße sich geleert hat und nur das Lodern des Feuers in einem Teil des zerbombten Hauses noch wie ein lebendiges Wesen wirkt, tastet Ernst sich zurück in sein Haus, dessen Fenster, soweit sich feststellen lässt, fast alle zerborsten sind.
Trotzdem die einzige Zuflucht, die ihm noch bleibt. Warum schließt auf einmal die Hintertür nicht mehr? Sogar der Riegel klemmt, lässt sich nicht mehr bewegen.
Da müssen eben Stühle herhalten. Unter die Klinke geschoben, kann keiner diese runterdrücken.
Es riecht nach Gas. Möglich, dass die Leitung irgendwo ein Leck hat. Also wird er sich nichts mehr kochen können. Auch keine Kerze mehr anzünden. Allerdings, Gas war doch schwerer als Luft, durch die zersplitterten Fenster müsste es gefahrlos abfließen können.
Plötzlich kann Ernst vor Müdigkeit nicht mehr stehen, vor Erschöpfung beginnen die Bilder vor seinen Augen zu tanzen.
Was auch geschehen mag, er muss schlafen. Schlafen.
Vor dem Ofen ist es immer noch warm. Ernst bringt es noch fertig, sich wie ein Hund davor auf dem Boden zusammenzurollen.

Durch seinen Halbschlaf ziehen düstere Bilder. Wie Männer der SS in den Drumschen Garten kommen und brüllen: »Alle Juden raus!« Wie allmählich hinter den hohen Bäumen, Großvaters Katalpa und den duftenden Robinien die armen Leute hervorgekrochen kommen, in grauen, zerrissenen Sachen, mit dem Judenstern auf der Brust. Und

Schergen in schwarzem Wichs dafür sorgen, dass sich alle vor ihrem Zaun in der Kaiser-Wilhelm-Straße in Reih und Glied aufstellen.
Jemand hat auf dem Flügel gespielt, einen Walzer von Chopin, eine Polonäse. In der Halle wird getanzt. Dann ebben die Geräusche ab. Das Einzige, was man noch hört, ist das Knacken und Summen hinter der eisernen Ofentür. Und auf der Wand gegenüber zeichnet die rote Ofenklappe, mit der man die Belüftung reguliert, Schatten- und Feuermuster.
Ich seh den Feuerschein im Westen, dort brennt es schon, die Feinde kommen und mich Knirps habt ihr zurückgelassen, um die Stadt zu verteidigen. Mit nichts an den Füßen und einer einzigen Panzerfaust gegen ihre Wunderwaffe. Bleib du doch wenigstens bei mir, Ariadne, und lass mich an deinem Faden entlang wieder in die Freiheit finden. Ich bin doch nur ein Kind, ein Kind, ein Kind.

Ein Schrei hat Ernst hochschnellen lassen. An seinem klopfenden Herzen spürt er, dass es sein eigener gewesen sein muss. Oder ist es das Pochen an der verbarrikadierten Hintertür?
Keine Bewegung. Wenn sie jetzt kommen, um ihn zu holen.
Dann muss ich mich ausweisen, dann kommt alles heraus, dann hängen sie mich womöglich an den nächsten Baum.
Das Klopfen hört sich aber nicht an wie von einer Patrouille. So schüchtern klopfen die nicht.
Als er sich erhebt, sind seine Gelenke steif.
Es ist kalt im Raum, eiskalt.

»Mach doch auf, ich bin's.«

Gödela? Er zieht die Stühle weg. Tatsächlich: Gödela. Aus ihren Augen stürzen Tränen.

»Ich hab's nicht geschafft«, jammert sie, »die ganze Stadt brennt, unter dem Schnee brennt die Stadt lichterloh. Im Süden, hab ich gehört, kämpft der Volkssturm mit den Russen um jedes Haus. Gleichzeitig wimmelt die Stadt vor Patrouillen, die nach Deserteuren fahnden.«

Ernst hat die Tür hinter ihr erneut verstellt.

»Du kannst hier auch nicht bleiben«, sagt sie atemlos. »Entweder du meldest dich zurück in deine Stellung . . .«

»Du bist ja meschugge«, unterbricht Ernst sie.

»Dann komm mit mir in die Kirche«, sagt Gödela. »Das ist der einzige Ort, an dem man noch sicher ist. Ich habe mit ein paar Frauen gesprochen, es gibt dort einen Raum zum Bleiben.«

»Und da willst du sitzen und warten bis . . . bis . . .«

Ernst ringt um ein Wort, für das, was noch kommen wird. Bis zum Kriegsende? Bis zum Ende des Belagerungszustands? Bis zur Kapitulation? Bis sie dich da rausholen. Russen oder Kettenhunde, ist doch sowieso einerlei. »Weißt du, was die Russen mit den Frauen machen.«

»Ach hör doch auf«, sagt Gödela matt.

»Wir müssen fliehen«, bricht es aus Ernst hervor. »Heute noch. Und du musst mitkommen, ich lass dich hier nicht allein zurück.«

»Ich kann hier nicht weg, ich will auch nicht!«, sagt Gödela. Sie schluchzt: »Warum gerade Breslau? Warum unsere Stadt? Ich hab noch nie eine andere Stadt gesehen, hier wollte ich bleiben, wo soll man denn noch hinflüchten? Hier kenn ich mich aus. Fast alle Viertel kenn ich und unsere schönen Kirchen, die Kreuzkirche, die Annenkirche, unser schöner Dom auf dem Sand. Und das Allerschönste ist unser großer Strom, die Oder. Du kennst doch das Gedicht: »Es soll einmal sein so in tausend Jahren, mir hat es ein alter Schiffer gesagt, da wird ein Schiffskahn die Oder befahren, vorüber dem Ort, wo heut Breslau ragt.‹«

Da stimmt Ernst mit ein: »Der Schiffsmann wird tief zum Wasser sich neigen, das nie den Wald gespiegelt hat. Dann wird er sagen nach langem Schweigen: ›Hier stand einmal eine große Stadt.‹«

Gödela hält sich an Ernst fest und lässt den Tränen freien Lauf. »Ich meine, es ist schon geschehn«, jammert sie.

Nur keine Sentimentalitäten jetzt, denkt Ernst. Neue Wege finden!

»Die Bahn kommt wohl nicht in Frage«, sagt Ernst sachlich. Manche Leute schließen sich auch jetzt noch einem Treck an. Ernst hat damit begonnen, systematisch seine Taschen auszuleeren. Kaffeetabletten, ein paar Fleisch- und Brotmarken, Schweizermesser, Ausweis, achtzig R-Mark und einige Groschen.

»Es bleibt also nur der Autobus«, sagt er, »ich habe dir gestern davon erzählt, man muss es wenigstens versuchen. Und wenn du kannst, dann komm mit. Zwei Frauen wirken weniger verdächtig als eine allein.«

Gödela schaut ihn an wie jemand, der zwar noch schwankend ist, aber schon halb überzeugt.

»Ich werd es versuchen, aber ich weiß nicht, was wird. Zuerst zu der Mamusch, dann ein paar Stunden schlafen, ob ich mein Gepäck hier lasse? Ach ich nehme es lieber mit, ist es schon hell? Gleich gehe ich wieder. Diesmal versuche ich's über die Graupenstraße.«

»Geh die Straße runter, aber geh ganz unauffällig und dreh dich nicht um. Wenn du schnell gehst oder dich umdrehst, machst du dich verdächtig. Ich warte auf dich, alles bekommt auf einmal einen Sinn. Zusammen schlagen wir uns schon durch.«

Durch den Schnee.

Durch die Nacht.

Durch den Krieg.

Eine Stunde später hat Ernst sich mit rostigen Klingen und einem Rasierapparat, der Herrn Lessing gehörte, ganz glatt rasiert.

Von Frau Lessing hat er sich außerdem einen Mantel und einen Hut geborgt. Frau Lessing muss eine außergewöhnlich große Frau gewesen sein, weil ihr Mantel Ernst ganz locker sitzt. Ein Gürtel wäre gut, um Taille anzudeuten, aber Ernst hat in dem Durcheinander keinen gefunden, nun muss es auch so gehen.

Jetzt geh ich mich verabschieden und hole meine Sachen ab.

Das Haus mit dem Uhrmacherladen steht ganz unversehrt da.

Ernst klopft zuerst an die Tür, anschließend an den Fensterladen, üb immer Treu und Redlichkeit, wie es vereinbart war.

Bis eine Frau im Türrahmen steht, die er nicht kennt, ver-

dammt, das kommt ganz unvorhergesehen. Wenn er sie gleich mit tiefer Stimme anspricht, wie wird das auf sie wirken?
Die Frau schrickt nicht zusammen. »Zu dem Janisch wollen Se, um Bücher abzuholen?«
Sie wischt sich die Hände in der Küchenschürze ab und zeigt eine eher besorgte Miene.
»Ach Junge, du weißt ja von nischte«, seufzt sie, »komm doch rein. Sie haben ihn zum Volkssturm eingeteilt, obwohl der Mann doch schon über die sechzig ist und schon im ersten Krieg kämpfen war. Von daher hatte er ja sein steifes Knie und die Arthrose.«
In dem eiskalten Hausflur steht alles Mögliche wie zur Abholung bereit.
»Er ist aber nicht zur Sammelstelle gegangen«, sagt die Frau und macht die Tür zum Laden vor Ernst auf.
»Und dann?«
»Dann sind sie im Morgengrauen gekommen . . .«, die Frau sucht nach Worten, ». . . und haben ihn mitgenommen. Immer wieder hab ich nach ihm geschaut, nu bis zum heutigen Tag ist er nicht zurück.«
In dem Laden tritt man auf Scherben, die unter den Füßen knirschen. Die Schubladen sind auch herausgerissen, soweit Ernst erkennen kann, ihr Inhalt liegt über den ganzen Boden verstreut. Und außerdem auch ein paar Uhren, mit abgebrochenen Zeigern. Ein Ticken kommt noch von der Wand, von einer kleinen schwarzen Uhr mit Gewichten, die wie Tannenzapfen geformt sind. Die muss wohl ein extra langes Laufwerk besitzen.

Ernst angelt mit dem Fuß unter der Ladentheke nach seinen Büchern und dem verpackten Fernrohr. Aber darunter sind auch nur Splitter.
»Ich hab nichts angerührt hier drinne«, sagt die Frau, hebt in einer Geste, die ihre Unschuld verdeutlichen soll, ihre Hände und legt sie dann über ihren Mund, wie um ein erneutes Schluchzen zu unterdrücken. »Schrecklich ist es, ein Elend, so ein alter Mann.«
Nach einer Weile betretenen Schweigens sagt Ernst: »Ja, dann geh ich also wieder«, dreht sich aber noch einmal um. »Ob ich die Uhr da mitnehmen darf?«
Die Frau zuckt die Achseln. Er wird sie wohl nicht mehr brauchen. Jetzt besitzt Ernst eine Uhr.
Sie hat nicht wie eine ausgesehen, die gleich zum nächsten Blockwart läuft, trotzdem kann man keinem trauen in diesen Zeiten.
Also läuft Ernst sicherheitshalber zuerst in entgegengesetzter Richtung und macht erst an der nächsten Straßenecke kehrt, als er einen Trupp Leute auf sich zukommen sieht. Räumungstrupps mit Schaufeln und Schubkarre sind dabei, die Bürgersteige vor dem zerbombten Haus freizumachen, manche der Helfer mit Schiebermützen sind in Ernsts Alter, aber keiner schaut nach ihm, auch nicht die kleinen Gören mit Wollmützen, die zwischen den Trümmern herumhüpfen und mit langen Stangen zwischen den verkohlten Balken herumstochern.

Mach unsere Seelen hart und stark

Er kann jetzt an nichts anderes als die Flucht denken. Er hat noch Zeit. Nachdem er mit Schwefelpuder aus dem Badezimmer die bläulichen Bartschatten etwas retuschiert hat und mit einem bunten Schlumper aus Voile, den er um den Hals geschlungen trägt, seinem Aussehen noch eine weibliche Note verliehen hat, kann er sich augenblicklich nur in Geduld fassen. Ein Rucksack mit rötlichem Affenfell, den er im oberen Stock gefunden hat, steht voll gepackt mit allem, was Ernst mitnehmen will, neben der Tür. Was ihm Sorgen macht, sind die Schuhe, die er trägt. Klobige Männerschnürschuhe, leider hat Herr Lessing ihm keine geeigneteren dagelassen. In Mantel und Schuhen hat er sich auf das weiße Lager in dem Mädchenzimmer im ersten Stock geworfen, das einzige Zimmer außer der Küche, in dem die Fensterscheiben noch heil sind. Jetzt hält er das gerahmte Foto in den Händen, das Dora Lessing zeigt, und vergleicht ihr Gesicht mit dem von Gödela. Merkwürdigerweise sehen sie sich ähnlich, denkt Ernst. Sie könnten ohne weiteres auch Schwestern sein.

Ob sie kommt?

Wenn sie ihn lieb hat.

Er presst für einen Augenblick seine eigene Hand.

Wird wohl alles gut gehen?

Kaltes Blut bewahren. »Herr, mach unsere Seele hart und stark, das Weitere wollen wir selber tun.« Oder heißt es:

»Unser Herz«? Oder: »unseren Körper«? Ich habe es glatt vergessen, denkt Ernst.
Was ist mit dem alten Janisch?
Sie haben ihn umgebracht.
Und mit mir, was wird mit mir sein?
Vielleicht bin ich heute Nacht schon über die Grenze.
Welche Grenze?
Die tschechische, dann nach Österreich und von da in die Schweiz. Und wenn alles schief geht?
Ohne viel Kraft und mit schwankender Hoffnung lässt Ernst die Bilder von neuen Lebensstationen durch seinen Kopf ziehen. Von verschneiten Feldern, fremden Städten, Bauernhäusern mit Lattenzäunen, wie er sie von Ferienaufenthalten in Bayern kennt, Giebeldächern, Straßen, die steil bergauf gehen. Alles noch ein Rätsel, ein unbeschriebenes Blatt. Ein Traum, von dem man gleich erwacht.
Wer sich die Suppe einbrockt, muss sie auslöffeln. Das ist alles.

Je näher er dem Sammelplatz kommt, desto aufgeregter wird Ernst. Wieder so ein dunkler Haufen, zusammengedrängt wie eine Herde Vieh und als wollten sie sich gegenseitig wärmen. Lauter Frauen, soweit er sehen kann, Frauen und kleine Kinder. Und von einem Autobus keine Spur. Während er immer langsamer läuft, in gehörigem Abstand um die wartenden Frauen einen Bogen schlägt, erfindet er sich eine Geschichte, die er aufsagen könnte, wenn man nach seinen Personalien fragt. Woher er diese rauchig tiefe Stimme hat. Er hat noch etwas herausholen wollen aus seinem abgebrannten Haus, das klingt doch glaubhaft, eine Rauchvergiftung, jeder hat schon davon gehört. Jedenfalls würde es auch nicht unwahrscheinlicher klingen als alles, was man hier so aufschnappt.

»Na sag schon, was ist passiert?«

»Zum Nuppa sind die Russen gekommen.«

»Nu und?«

»Haben sich die Frau vorgenommen, die war schon über fumzig.«

»Neh, neh sag ich dir, du gloabst es nich.«

»Und ich hab gesehn draußen in Mochbern, wo sie in dem Treck marschiert sind, von Bomben zerfetzte Gäule, und ihre Verletzten und Toten hatten sie in Decken gehüllt auf die Schlitten geschnallt, auf die ist genauso geschossen worden. Und die Wehrmacht, statt zu helfen, hat sogar noch versucht zu überholen und hat die armen Leutel in den Graben gedrängt.«

»Nu, die Zeiten sind gottlos.«

»Mecht ma gloabn.«

Ernst hat, ohne den Blick abzuwenden, auf die hohe, zweiflügelige Schulpforte gestarrt, über der der Spruch *Non scholae sed vitae imperamus* höhnisch herabgrüßt, und gedacht, gewünscht und beschworen: Jetzt muss er doch endlich kommen, wo bleibt er bloß? Inzwischen ist die Dämmerung hereingebrochen. Und mit ihr Motorengeräusch und vier große Scheinwerfer, nur schwach abgedunkelt, die zwei Lastwagen gehören. Von weitem kann er mehrere Mann aus den Führerhäusern springen sehen, Wehrmachtsangehörige, wie er zu seinem Schrecken erkennt. Einer von ihnen, mit der Hand am Koppel, als wolle er im nächsten Augenblick die Pistole ziehen, schreit in die Menge: »Alle herhören! Wer Marschverpflegung und einen gültigen Stempel der Kommandantur hat, kann jetzt aufsteigen. Keiner von den Jungs hier aber über zehn. Alte Frauen und Frauen mit Kleinkindern als Erste.«

Mit Entsetzen verfolgt Ernst aus der Entfernung, wie sich die Männer die Papiere zeigen lassen und mit kräftigen Armbewegungen zwei Gruppen bilden, um die Anstehenden auf die zwei Ladeflächen zu verteilen. Manche können sich nicht vorstellen, bei zehn Grad minus auf der offenen Plattform zu sitzen, und andere erheben Einspruch gegen die Altersbestimmung.

»Soll meine Tochter, die gerade dreizehn geworden ist, etwa hier bleiben?«

Die Herren in Uniform kennen das schon, dieses ewige Gezeter und Geheul. Da muss man eben hart bleiben. Wie Kruppstahl.

»Dann bleiben Se eben auch hier«, sagt einer.

Schon bauen sich die Uniformierten wie lebende Schranken zwischen denen auf, die mitdürfen, und denen, die verflucht sind und hier bleiben müssen. Und in das Tohuwabohu, das um die Lastwagen herum herrscht, mischt sich auf einmal Doktor Krappitz, der mit Gepäck und in Begleitung mehrerer Leute, vielleicht Verwandter, aus der Schule gekommen ist.

Hat er ihn erkannt? Oder überhaupt gesehen? Kaum anzunehmen aus der Entfernung und in dem Licht.

Krappitz muss verhandeln, eine Frau lehnt sich gegen einen Laternenpfahl und beginnt laut zu weinen. Krappitz versucht zu vermitteln. Die Hoffnung, dass sein Lehrer ihn erkennen und ihm doch noch behilflich sein könnte, treibt Ernst in die Nähe.

»Die Papiere sind doch in Ordnung«, hört man Krappitz sagen, »wo nehmen Sie denn das Recht her?«

»Halten Sie die Klappe«, sagt einer der Soldaten. »Sie haben hier gar nichts zu sagen.«

Jetzt hat Krappitz ihn angesehen. Er muss ihn auch erkannt haben, sonst würde er nicht, in einer Geste der Hilflosigkeit zu ihm gewandt, die Schultern heben, als wollte er sagen: »Tut mir Leid, mein Junge. Aber du siehst ja, dass ich nichts machen kann, ich hätte dir wirklich gern geholfen.«

Während der Zeit, die sein Lehrer braucht, um noch einmal den Weg hin zum Schulportal und wieder zurückzulaufen, beladen mit Gepäck und mit dem Blick auf den Boden, als folge er einer unsichtbaren Spur, während dieser Minuten muss Ernst unentwegt an Gödela denken. Weshalb sie nicht kommt und dass er sie nicht mehr wieder sehen würde, wenn er jetzt mit den anderen da oben auf der eiskalten Rampe säße, um auf Nimmerwiedersehen davonzufahren. Und während er wie betäubt zusieht, wie ein Stück Gepäck nach dem anderen auf den voll geladenen Laster verfrachtet wird, lässt ihn ein Gedanke nicht mehr los, ein entsetzliches Bild. Gödela, in eine Ecke gedrängt, wie sie um Hilfe schreit. Gödela, zu Boden geschleudert und um sie herum, über ihr diese verdammten Russen, wie sie sich gierig über sie hermachen. Er könnte lauthals schreien vor Hilflosigkeit und Verzweiflung. Wegen des schief gelaufenen Fluchtversuchs, der Aussichtslosigkeit seiner Lage, der Kälte, des Alleingelassenseins. Er hat Krappitz von einem Augenblick zum anderen aus den Augen verloren. Einer der Soldaten prüft, ob die Klappen geschlossen sind, dann springt er mit einem schwungvollen Satz ins Führerhaus und der Konvoi setzt sich vor Ernsts Augen in Bewegung. Es ist schlimmer als in einem Alptraum, denn hiervon gibt es kein Erwachen. Du wirst augenblicklich krank, denkt er. Er denkt: Das hält kein Mensch noch länger aus.

Besessen von der Idee, seine Angst und seine Verzweiflung mit jemand zu teilen, läuft er auf demselben Weg zurück, den er vorher mit so großen Hoffnungen angetreten hat. Ohne zu sehen. Ohne zu hören. Ohne zu lesen, was gerade an einer noch heilen Hauswand plakatiert wird: Ein neuer Aufruf. Einer von hunderten. Der die Qualen der Bevölkerung ins Unendliche fortschreibt. Was da steht? Dass die Ausgehzeit der Bevölkerung auf sieben bis achtzehn Uhr festgelegt werde. Und weiter? Alle Kraftwagen diesmal ohne Ausnahme bei der Kreiskommandantur abzugeben seien. Jawoll. Zuwiderhandlung strengstens bestraft werden würde.

Nichts Neues also, alles beim Alten. Wie in der Hölle, wie im ewigen Fegefeuer. Und er auf Gedeih und Verderb mittendrin. Plötzlich kommt ihm in den Sinn, dass er die Kirchenhäuser nacheinander nach Gödela absuchen wird. Annenkirche, Kreuzkirche, Herz-Jesu-Kirche, Magdalenen. . . welche hatte sie heute bloß genannt? Und in welchem Hospital lag ihre Mamusch?

In seinem Kopf kreischt eine Kreissäge und verhindert jeden klaren Gedankengang.
Ein automatisches Laufwerk unter seinen Sohlen hat ihn an den Ausgangspunkt seiner Bewegung zurückgeführt. Da ist schon die Gasse mit ihren düsteren Giebeln, die Trümmerhaufen, der Zaun . . . Dahinter bewegt sich etwas.
Sein Laufwerk setzt schlagartig aus.
An seinem Haus ist jemand. Zur Hölle, wohin jetzt?
Einfach daran vorbeigehen und nicht auffallen, etwas anderes kommt sowieso nicht in Frage. Keinen Blick nach links werfen. Stehen bleiben, Ausweiskontrolle. Der Kerl stellt sich ihm in den Weg und richtet seinen Revolver mitten auf Ernsts Brust.
Das ist das Ende, denkt Ernst, jetzt ist es aus.
Aber bevor er noch einen weiteren Gedanken fassen kann, packt ihn der andere am Arm und schlingt im nächsten Augenblick beide Arme um seinen Körper.
»Scheibe bei Glatz, du bist es. Rico, du Hund, du gemeines Aas. Weißt du, dass ich eben fast einen Herzstillstand erlitten hätte?«
Der Freund und Ernst halten sich um die Mitte gepackt, wie eine Frau und ein Mann dies sonst tun, und drängen sich mit solcher Wucht aneinander, dass beiden die Luft wegbleibt und Ernst der Hut in den Schnee fällt. »Lass dich ansehen. Schick siehst du aus.«
»Woran konntest du erkennen, dass ich es bin?«
»An deinem gottverdammten Gang.«
»Mensch, ich könnte dich . . . nein, ich darf dir's gar nicht sagen, wie froh ich bin dich zu sehen – Rico, altes Haus.«

»Junge, es gibt so viel zu erzählen, aber nicht hier coram publico. Ist dies das Haus?«

»Klar, aber drinnen ist es eiskalt.«

»Egal, wir reden uns warm.«

Klopfzeichen

Rico läuft in der Küche auf und ab. In seinem Ledermantel sieht er männlicher aus als je zuvor, findet Ernst, der den Freund noch immer anstarrt wie ein leibhaftiges Wunder. Rico kommt zur Sache. Dies hier sei die letzte Chance, noch heil rauszukommen, gibt er zu verstehen.

»Sie haben vor kurzem unsere Wohnung gefilzt – eure gewiss auch. Befehlsverweigerung. Was uns blüht, wenn sie uns schnappen, weißt du ja.« Mit einer unmissverständlichen Geste in Höhe des Adamsapfels beschreibt Rico, was er meint. »Die Hinrichtungsmaschinerie läuft wie am Schnürchen. Die haben gar nicht genug Verbrennungsöfen, um sämtliche Befehlsverweigerer und Fahnenflüchtige verschwinden zu lassen. Ich weiß darüber zufällig einiges, weil ein Vetter zweiten, dritten Grades, der bei der Funkerabteilung ist, das Ohr am Puls der Zeit hat. Es ist bald aus.«

Ernst muss genau hinhören, weil er noch nicht glauben kann, dass Rico Wirklichkeit ist, nicht etwa ein Trugbild.

»Die neueste Devise des Festungskommandos lautet«, meint Rico, »die Stadt Breslau von allem Ballast zu befreien, was auf Hochdeutsch so viel heißt wie »Kampfesunfähige oder Unwillige einfach verschwinden zu lassen«. Du müsstest bloß einmal mit ansehen, wie sie die armen Leute draußen auf der Friesenwiese schinden. Alte Männer, die kaum noch die Hacke heben können, und junges Gemüse, das eben noch mit Bauklötzchen gespielt hat. Und wie sie denen mit drakonischen Strafen drohen, die vor Kälte und

Erschöpfung nicht mehr weiterkönnen. Und das alles nur, weil ein Wahnsinniger namens Hanke sich in den Kopf gesetzt hat, auf diesem Rollfeld könnten unsere Jus besser starten und landen. Warst du schon da draußen?«

Ernst schüttelt den Kopf. »Ich habe aber eine Freundin, die dort hacken geht.«

»Es gibt jetzt aber Widerstand unter der Bevölkerung.« Unwillkürlich spricht Rico leiser. »Mutige Leute, und darunter vor allem Frauen. Die wollen nicht mehr mitmachen. Die möchten erreichen, dass das Stabsquartier und der Gauleiter Hanke endlich die Kapitulation bekannt geben.«

»Was du alles weißt.«

»Ich weiß noch mehr.«

Rico wirft Ernst einen bedeutungsvollen Blick zu.

»Dass sie die Widerständler im Gefängnis Kletschkau jetzt reihenweise erschießen. Bürger aus unserer Stadt, das muss man sich mal vorstellen. Und jede Menge Frauen. Die Leichen landen teils in der Anatomie und teils, weil das Fassungsvermögen der Verbrennungsöfen beschränkt ist, in Massengräbern. Da lassen sie die Leute verschwinden, die ihnen gefährlich werden.«

»Schweinebande.«

Ernst lauscht für einen Augenblick auf ein schleifendes Geräusch von der Straße her.

»Du musst mir nicht noch mehr erzählen«, sagt er zu Rico. »Mach was dagegen. Du hast doch sicher eine Idee.«

»Genau deswegen bin ich ja hier. Aber hast du nicht irgendwas Heißes zu trinken?«

Ernst schüttelt den Kopf. »Außer einem Rest Rumverschnitt.«

»Besser als nischt, her damit.«

Ernst fingert das Regal nach einem Glas durch, gießt Rico den Rest Schnaps in ein Wasserglas und setzt die Flasche anschließend an die Lippen, um die letzten Tropfen nicht verkommen zu lassen.

»Also, mein Vetter, den Namen sag ich dir lieber nicht, ist besser so . . .« Rico rückt Ernst ganz nahe. ». . . also, der Dingsda, der war schon überall. Sinferopol, Nikolajew, Kaukasus und zuletzt im E-Stab. Hat aber auch vom Krieg die Schnauze voll und sich deshalb freiwillig für den ›Wehrwolf‹ gemeldet.«

Ernst zuckt die Achseln: »Weiß ich nicht, was das ist.«

»Bist aber wirklich ahnungslos! Das sind die Jungs, die sich hinter den Linien der Alliierten im Westen zu Sabotagezwecken absetzen.«

»Ja und?«

»Kapierst du denn nicht? Der holt uns hier raus, dich und mich.« Rico verabreicht Ernst einen freundschaftlichen Faustschlag.

»Und deine Familie?«

»Wollen nicht hier weg.« Rico zuckt die Achseln. »Kann ich auch nicht ändern.«

Rico ist aufgesprungen, als draußen wieder Explosionen zu hören sind. »Ich muss noch packen«, sagt er, während er das Verdunklungsrollo etwas anhebt. »Ist schon nach sechs«, dann zu Ernst gewandt: »Du kommst mit?«

»Mensch, klar doch«, sagt Ernst.

»Gleich geht's wieder los«, bemerkt Rico düster, »hoffentlich komm ich noch vorher durch. Mach dich fertig und halt dich so ab sechs Uhr morgens bereit. Kann aber auch sieben werden.«

Rico umarmt Ernst kurz und heftig. »Mensch Rico, ich weiß gar nicht, wie ich dir danken soll.«

»Dank mir erst, wenn wir draußen sind. Und hier das Klopfzeichen: dreimal hintereinander kurz – lang – hört sich so an.«

Rico klopft das Erkennungszeichen gegen die leere Rumflasche.

»War prima, nur viel zu wenig.«

Als Rico verschwunden ist, fühlt Ernst sich so aufgewühlt wie nie zuvor in seinem Leben. Seine Empfindungen für Gödela, die er nun wohl nicht mehr sehen wird, einerseits – und die Chance auf Freiheit andererseits, das ist einfach nicht unter einen Hut zu bringen. Eine Weile spielt er noch mit dem Gedanken, sie suchen zu gehen. Aber wo? Gewiss sitzt sie irgendwo in einem Luftschutzkeller oder bei ihrer Mamusch, wo sie hingehört.

Was hätte das für einen Sinn? Nur um sich von Gödela zu verabschieden, das eigene Leben noch einmal zu riskieren? Er will es bei einem Brief belassen, in dem er ihr alle seine großen Gefühle offenbart. Ein Abschiedsbrief.

»Liebste Gödela, es ist alles so schnell gegangen«, schreibt er mit einem Bleistiftstummel auf ein Stück Zeichenpapier, das er aus dem Malerzimmer hatte.

»Wie schade, dass uns nicht mehr Zeit gegeben war, uns besser kennen und verstehen zu lernen. Ich bin mir sicher, unser Denken und Fühlen lagen auf derselben Wellenlänge, wenn es auch eini-

ge Missverständnisse gab. Bitte verzeih mir noch einmal, wenn ich dich mit meinen unbedachten Äußerungen verletzt haben sollte, in Wahrheit fühle ich mich dir ja viel verwandter, als Du glaubst . . .«

Hier überwältigt ihn sein Gefühl. Dabei hatten sie ja erst damit begonnen, Zärtlichkeiten auszutauschen, mehr hatten die Umstände ihnen versagt. Was bleibt, ist die quälende Erinnerung an ihren anschmiegsamen Körper und an ihr zartes Gesicht.

Er schreibt weiter: *»Wenn ich die Augen schließe, bleibt allein dein Bild. Was würde ich jetzt darum geben, dich in die Arme zu nehmen und ganz fest zu halten. Darf ich das schreiben? Geliebte Gödela, nun bleibt mir nur die Hoffnung, dies in einem zukünftigen Augenblick, vielleicht dann in Frieden und Freiheit nachzuholen. Alles Gute auch für deine Mamusch, dein todtrauriger Ernst S.«*

Einen gedankenvollen Augenblick lang bleibt Ernst unter dem Schein der Kerze, die nun bald ihren Geist aushauchen wird, bewegungslos sitzen. Dann bewegt er noch einmal die Finger und setzt unter das Geschriebene die Zeilen des Gedichts von Friedrich Bischoff, das Gödela begonnen, aber nicht zu Ende zitiert hat:

»Ach lass nur den Schiffsmann die Oder befahren. Ich meine sogar, es ist schon geschehn. Ich selbst sah einen mit schneeweißen Haaren vor dem Dom, dem heimlichen Throne, stehn. Mir war's, als wuchs er, den Erdball zu tragen, hinauf zu der Türme funkelndem Grat und ließ die Glocken es singen und sagen, dass er heimgekehrt aus Jahrtausendtagen in den Himmel seiner schlesischen Stadt.«

Es geht alles so schnell und doch so langsam. Nachts bombardieren die Russen erneut die Stadt und Ernst spürt viel stärker als in der vergangenen Nacht die Angst, als er die Einschläge hörte. Auf dem Boden sitzend, gegen die Hintertür gelehnt, wartet er mit aufeinander schlagenden Zähnen und betet wie in Kindertagen, ohne sich zu schämen. Nach der Entwarnung ist plötzlich noch ein anderer Lärm zu hören: Stimmen, Geschrei, auch Glassplittern. Durch das zerschlagene Vorderfenster sieht er Leute an der Tür des gegenüberliegenden Hauses, dick vermummte Gestalten, die dabei sind, sich mit Gewalt Einlass zu verschaffen. Ob das Russen sind? Wenn man nur genauer sehen könnte! Schließlich sind sie drinnen, und während Ernst noch mit vor Anstrengung tränenden Augen hinüberstarrt, rast ein deutscher Militärwagen vorbei, der aber gleich darauf mit kreischenden Bremsen hält und dann im Rückwärtsgang bis in die Höhe des Hauses fährt. Starr vor Entsetzen muss Ernst noch mit ansehen, wie zwei Mann aus dem Wagen springen und das Haus gegenüber stürmen. Den Rest erspart er sich. Die Arme um die Knie geschlungen, kauert er auf der kalten Kellertreppe, lauscht in die Finsternis. Danach herrschte Stille.

Nur ein regelmäßig wiederkehrendes Pochen wie das Tropfen eines Wasserhahnes dringt an sein Ohr.

Fluchthelfer

Es geht alles so langsam und doch so schnell. Er muss eine Weile im Sitzen geschlafen haben. Jetzt sind seine Glieder steif. Hat es eben geklopft? In vollständiger Finsternis ist ihm das Gefühl für die Zeit vollkommen verloren gegangen. Doch keine Täuschung. Dreimal kurz – lang, das vereinbarte Zeichen.

Jetzt wird doch noch alles gut.

»Hast du geschlafen? Ich mach mir schon Sorgen. Psst! Die anderen warten, jetzt ist keine Zeit für lange Debatten.«

Als Ernst zurück auf das im frühen Morgengrau blau schimmernde Haus blickt, das ihm eine Zeit lang Schutz geboten hat, empfindet er fast so etwas wie Ehrfurcht und dankt im Stillen seinen fernen Besitzern. Draußen wartet ein Wehrmachtsfahrzeug. Ausgerechnet.

»Bitte hinten einsteigen, und zwar in gebotener Eile. Der am Steuer heißt Peter und ich bin der Heini!«

Im Dämmerlicht nicken sie dem Neuankömmling zu. Noch ein kurzes Woher, Wohin. Keine weiteren Fragen jetzt, bitte! Sie müssen die Angriffspause nutzen, um schnellstmöglich über die Oder zu kommen. Und möglichst ohne irgendwelchen Alarmeinheiten oder Kettenhunden vors Visier zu laufen.

»Hast du Papiere?«, fragt Peter kurz angebunden über die Schulter.

»Ich habe meinen HJ-Ausweis, wenn du das meinst«, antwortet Ernst.

»Dann geh mal lieber unter Deck, wenn wir an die Brücke kommen.« In der Ferne hört man schwere Artillerie rumpeln.
Ernst vermisst seine Armbanduhr. »Wie spät ist es?«, will er wissen und Rico antwortet: »Fünf vor halb sieben.«
Der sich mit Heini vorgestellt hat und jetzt auf der Rückbank neben Ernst sitzt, sagt: »An der Liebighöhe sollen sie gestern einen HJler aufgehängt haben. Mit einem Schild vor der Brust: ›Ich war zu feige, um gegen den Feind zu kämpfen.‹ Sehr aufmunternd, diese Art von Mitteilungen.«
Eigentlich müssten die Nerven jetzt flattern, die letzten Stunden dieser Nacht in quälender Unruhe vergehen. Aber es bleibt nur hellwache Gelassenheit und der Wille, alles so oder so zu überleben. Atemberaubend der Weg im Zickzack durch die brennende Stadt. Überall sind Menschen dabei, Verletzte und Tote vom letzten Nachtangriff zu bergen. Flakscheinwerfer suchen auch jetzt den Himmel ab, man hört die deutschen Geschütze, jedoch sieht man keinen einzigen Treffer. Mit der Stirn gegen die kalte Scheibe, die zur Tarnung mit schlieriger Farbe bemalt ist, kann Ernst nur mit Mühe aus dem fahrenden Auto erkennen, was die Granaten der vergangenen Tage in der Stadt bereits angerichtet haben. Wie ein riesiger Trümmerhaufen sieht Breslau aus. Der halbe Neumarkt ausgebrannt, die Taschenstraße ein einziges Trümmermeer. Wie soll man überhaupt da durchstoßen?
Was Ernst bis jetzt in seinem Versteck verborgen blieb, wird bei ihrer Geisterfahrt kreuz und quer durch die Stadt offenbar. Seht bloß, die Dorotheenkirche mit eingebroche-

nem Dach, auch von der Elisabethkirche steht nur noch der Turm. Das Hochhaus des Postamts scheint ja einen Volltreffer abbekommen zu haben. Und was einmal das Museum für Kunstgewerbe war, ist jetzt nur noch eine Gesteinswüste. Gegen den schwefeligen Himmel sieht man da und dort abgebrannte Häuser wie feuriges Filigran glimmen.

Auch einen gespenstischen Eindruck macht nun die an der Oderseite gelegene Burgstraße. Ernst glaubt seinen Augen nicht zu trauen. Berge von Büchern liegen da aufgehäuft, wo mal die Bürgersteige waren. Die haben wohl die gesamte Bibliothek des juristischen Seminars zum Fenster hinausgeworfen. Gott sei Dank ist die Universitätsbrücke noch intakt, soweit man sehen kann.

Heini knufft Ernst in die Seite. Es ist so weit, geh in Deckung!

Ernst hat Mühe, sich zwischen Vorder- und Rücksitz zu klemmen. »Wenn das gut geht, heiße ich Adolf.«

Eine Faust drückt ihm den Kopf runter und wirft ihm schwarzes Leder über die Augen. Einen Moment lang schnürt ihm die Angst die Kehle zu. Er kann spüren, wie gebremst wird und wie die Reifen rutschen. Dann ein eiskalter Hauch. Verschlafene Töne:

»Heitler. Was, jetzt noch Bombenurlaub?«

Die Kontrolle der Papiere dauert wohl ewig. Und während der ganzen Zeit lümmelt sich Heini, dieser Schwachkopf, auf Ernsts Kopf. Solche Momente zehren an den Nerven, gehen an die Substanz. Luft holen. Tief durchatmen. Ruhe bewahren.

»Wie bitte? Hinter die feindlichen Linien? Na denn prost, Kameraden, und alles Gute, hoffentlich seid ihr euch im Klaren, dass die Straßen nach Westen alle blockiert sind.«
Die Reifen knirschen, der Motor tuckert wieder beruhigend.
»Kannst auftauchen«, hört Ernst über sich sagen.
»Wieso musst du dich eigentlich nicht verstecken?« Ernst tippt Rico von hinten auf die Schulter.
»Mein Name ist nun nicht mehr Richard Pfeifer, sondern Helmut Harms«, sagt Rico lakonisch. »Der hat einmal mit zur Funkerabteilung gehört, bevor er in Nikolajew gefallen ist, jetzt habe ich seine Papiere.«
»Und so was funktioniert? Siehst du ihm denn ähnlich?«
»Hast ja gesehen, dass es geht.«
»Und wo habt ihr eure Funkerausrüstung?«
»Hinten im Gepäckraum.«
»Müsst ihr nicht immer wieder eurer Zentrale durchfunken, dass ihr noch da seid?«
»Müssen wir«, sagt Heini schläfrig, »einmal am Tag.«
»Und?«
»Mann, wir sind dabei, abzuhauen, denkst du, da werden wir denen auch noch den Standort durchgeben?«
»Seid ihr eigentlich auch bewaffnet?«, will Ernst noch wissen.
»Klar«, antwortet diesmal Peter, »zusammen haben wir mindestens eine Panzerfaust, um die werden wir uns nachher streiten, wenn der Iwan kommt.«
Kurzes schallendes Gelächter von Heini und Peter, Ernst ist gar nicht zum Lachen zu Mute. Alles ist so unwirklich wie in einer Traumsequenz, die vergangenen Tage und Nächte,

die zertrümmerte Stadt, diese Fahrt ins Nichts – nur diese Knallköpfe vor und neben ihm, die sind real.
Links voraus im Osten ein roter Lichtstreifen, man fragt sich automatisch: Morgenrot oder Feuersbrunst? Ernst versucht sich zu orientieren. Lagerhallen, Fabrikgelände, Vorstadtbebauung. Sie umfahren Breslau nördlich, immer auf kleinen Straßen.
»Klar, dass wir nur Nebenstrecken fahren, wo wir eben durchkommen. Solange wir keine Panzer vor uns im Gelände sehen, stimmt die Richtung. Geplant ist, über Striegau, Freiburg und Wahlstatt nach Friedeberg zu kommen, soll ein Loch sein in der feindlichen Linie. Wir werden sehen.«
Ernst schweigt, ein wenig enttäuscht. Im Stillen hat er die Hoffnung gehegt, seine Fluchthelfer würden vielleicht Dresden als Ziel anpeilen und dabei über Hirschberg und Bunzlau fahren. Er hat sich vorgestellt, auf diese Weise vielleicht doch noch auf Mämmi und die Schwestern zu stoßen. Schade.
Durch das Rückfenster kann man noch einmal einen Blick auf die Stadt werfen, die wie von einer rötlichen Aura umgeben ist. Im Süden und Westen verhüllen dagegen grauschwarze Rauchfahnen wie riesige Trauerschleier das Bild. Irgendwo bellt eine Flak, in der Ferne schwere Einschläge.
»Habt ihr auch genug Benzin?«, fragt Ernst.
»Benzin? Gibt's schon lange nicht mehr. Äthylalkohol fährt sich genauso gut, sechsundneunzigprozentig, wenn man den entsprechend verdünnt, dann kann man ihn sogar trinken«, flakst Heini. »Prima Sache.«
Sollte man den für voll nehmen? Wahrscheinlich nehmen

die anderen ihn nicht für voll, weil er ein paar Jahre jünger ist.
Sollen die doch ihren Spaß haben, er wird sich hüten an seiner Mitfahrgelegenheit herumzumäkeln.
»Kann mir einer von euch sagen«, fängt Ernst wieder an zu fragen, »ob es hier eigentlich noch eine Front gibt?«
Mit einer Stimme, die etwas gelangweilt klingt, wie von einem, der immer wieder das Gleiche gefragt wird, antwortet diesmal Peter, der Vetter dritten oder vierten Grades. »Richtige vollständige Divisionen«, erklärt er, »gibt es schon lange nicht mehr. Nur noch Trümmer von Regimentern. Der Krieg ist verloren, klare Sache, das traut sich nur keiner laut sagen.«
Danach herrscht Schweigen, jeder hängt seinen Gedanken nach.
Der Weg führt durch die letzten Vorortstraßen mit verbarrikadierten Häusern. Vorbei an zwei liegen gebliebenen Ochsenkarren, wahrscheinlich von einem Treck. Später, noch nicht weit von der Stadt entfernt, liegt ein ausgebranntes Auto im Straßengraben, über das der Schnee einen weißen Schleier gebreitet hat, ebenso wie über die niedergebrannten Reste eines Gehöfts linker Hand.
Hier sind sie doch schon gewesen, kein Zweifel. Wo mochten sie jetzt sein? Die Räder des Kübelwagens mahlen mühselig den frischen Schnee durch, der auf vereiste Wagenspuren gefallen ist. Es schneit schon seit ihrer Abfahrt leicht, schräg von Osten ziehen weiße Streifen fallenden Schnees über die Felder aus einem dunklen Himmel, der wie eine Kapuze über die eiskalte Ebene gestülpt ist.

Heini, bei Tageslicht betrachtet ein magerer Bursche mit blässlicher Hautfarbe und weißblonden Borsten auf dem Kopf, hat begonnen in einer Aktentasche zu wühlen. Gleich darauf bringt er einen Volksempfänger zum Vorschein, stülpt sich ein Paar Kopfhörer auf. Zu Ernst herübergrinsend, sagt er: »Batteriebetrieben. Ich bediene mich gern des stromfreien Empfanges. Vielleicht gibt's was Neues.«
Gleich darauf lässt er seine Mitfahrer teilhaben an der Großartigkeit seiner Singstimme. Atemberaubend daneben, wie Ernsts empfindliches Gehör registriert. »Einmal wirst du wieder bei mir sein. Ich liebe die Sonne, den Mond und die Sterne, sing Nachtigall sing.«
»Schade, dass ihr nicht mithören könnt.«
»Wär schön, du würdest es für dich behalten«, meldet sich zum ersten Mal Rico wieder. »Unsere Nerven halten deinem Gesang nicht lange stand.«
Dann plötzlich an einer Kreuzung muss Peter den Wagen anhalten, weil vor ihnen da auf der Straße etwas Unvorhergesehenes die Weiterfahrt verhindert. Ein langer Zug von Frauen in Sträflingskleidern. Halb verhungerte Gestalten, tief zu Boden gebückt mit fahlen und gelben Gesichtern schleppen sich vor ihren Augen mit letzter Kraft über die Kreuzung. Welch entsetzlicher Anblick.
»Seht bloß diese Weiber!«, sagt Peter. Tatsächlich treiben ein paar uniformierte Frauen mit der Pistole am Gürtel die Menschenherde mit scharfen Rufen an, einige von ihnen schwingen sogar Lederpeitschen.
Jetzt schickt sich Ricos Vetter auch noch an auszusteigen.
»Mensch, bleib hier!«, versucht Rico ihn aufzuhalten, aber

der ist schon draußen. Der hat Nerven! Streckt sich wie in einer gymnastischen Übung und wendet sich dann an eines dieser Flintenweiber.

»›Gefangenentransport Lager Groß-Rosen‹ war die Antwort, deren die mich für würdig hielten«, meldet Peter sich kurz darauf ins Wageninnere. »Habt ihr davon schon mal was gehört?«

»Entsetzlich«, entfährt es Ernst, während die Letzten des Zuges wie aus einem Alptraum vorüberziehen und im Schneetreiben verschwinden.

»Das ist ein Ortsname«, erinnert sich Rico. »Es soll dort ein Konzentrationslager existieren.«

»Nie davon gehört«, schaltet sich Heini jetzt ein.

Entsprechend schweigend dann die Weiterfahrt. An so einer Szene hat man zu kauen. »Versteh nicht, wo die in dem Schnee jetzt hinlaufen«, hört man Peter noch sagen.

Ich könnte es dir erklären, denkt Ernst, falls du es dir tatsächlich nicht selbst erklären kannst. Und gleich darauf spricht Heini aus, was Ernst sich denkt: »Die wird nach uns wohl keiner mehr zu sehen kriegen. Bestimmt werden die Weiber sie bis zum nächsten Straßengraben führen und da erschießen.«

Dasselbe Bild, erinnert sich Ernst, wie vor einigen Tagen nachts in der Breslauer Innenstadt. Das Schreckliche ist, dass offenbar jede Unmenschlichkeit sich in diesen Zeiten abspielen kann, ohne dass jemand protestiert oder gar eingreift.

Bilder des Schreckens, die nicht abreißen, an diesem Tag Anfang Februar. Tote Rinder, noch kaum schneebedeckt,

wohl erst vor kurzem am Wegesrand verendet. Kurz vor einem Dorf, dessen Ortsschild der Schnee zugeweht hat, muss Peter austreten.
Scharfer Ostwind, der das Rasseln von Panzerketten herüberträgt. Alle lauschen entsetzt und Peter, plötzlich leichenblass, gibt ohne sichtliche Emotionen seinen Kommentar ab: »Schätze die Entfernung auf etwa acht bis zehn Kilometer.«
Plötzlich dringt Lichtschein aus Ställen. Hier sitzen tatsächlich noch Mägde oder Bauersfrauen unter den Kühen auf ihren Melkschemeln. Als sei dies das Normalste in der Welt. Peter lässt das Fenster runter. »He Sie da«, ruft er in einen Stall hinein. Mitten in das friedliche Geräusch der in die Eimer zischenden Milch und in das Muhen. »Hören Sie auf damit! Laufen Sie in Ihre Häuser und packen Sie Ihr Zeug zusammen, haben Sie denn keine Ohren?«
Die eine Frau blickt nicht einmal auf. Die andere hebt nur einmal die Schultern in einer Geste der Hilflosigkeit.
Eines der nächsten Häuser gleicht dagegen einem Ameisenhaufen. Da ist alles dabei, einen Wagen voll zu laden.
Es ist Mittag, als sie auf das Ende eines Trecks zufahren. Notgedrungen muss man sich an das letzte Fahrzeug des Trecks dranhängen. Zuerst geht es nur noch im Schritttempo voran, dann bei der Einfahrt in das nächste Dorf kommt alles zum Stillstand.
Warum, zum Teufel, geht es denn nicht mehr voran?
Wie ein Lauffeuer hat es sich von Wagen zu Wagen durchgesprochen: Der Ortsgruppenleiter lässt uns nicht weiterfahren.
Aber nicht mit Peter.

»Verdammt und zugenäht«, schimpft er, »ich hab keine Lust, von den Iwans in den Arsch geschossen zu werden.«
In den nachfolgenden Minuten begreift Ernst zum ersten Mal, auf was für ein Abenteuer er sich mit Ricos Vetter dritten oder vierten Grades tatsächlich eingelassen hat. Er glaubt seinen Augen nicht zu trauen. Peter zieht einen Revolver, setzt, auf das Steuerrad gestützt, ein Patronenmagazin ein und schiebt zwei weitere in die Manteltasche.
Der Treck ist nicht lang, etwa fünf, sechs Wagen mit Pferden, dazu ein paar Stück Vieh. Peter ist ausgestiegen und marschiert nun an der Kolonne vorbei auf der linken Seite nach vorn.
»Was hat er bloß vor?«, fragt Rico.
Tatsächlich. Vor dem allerersten Wagen des Trecks da stehen zwei Parteifunktionäre in ihren braunen Uniformen mit der Hakenkreuzarmbinde und Pistolen am Koppel. Es sind kräftige und wohlgenährte Männer von bäuerlicher Statur. Ihrem Alter nach würde man annehmen, dass beide gemäß dem Gesetz über die allgemeine Wehrpflicht in Deutschland an die Front gehörten. Was haben sie hier noch zu schaffen? Selbst von hier hinten kann man mitverfolgen, wie ihr Augenmerk sich nun auf Peter verlagert, der etwa zwei Meter vor ihnen stehen geblieben ist.
»Siehst du was?«, fragt Heini.
»Offensichtlich fordert er sie auf die Straße freizugeben«, sagt Rico zögernd. Aus der Mischung aus Staunen und Angst in seiner Stimme kann man entnehmen, wie überrascht auch er über Peters Vorgehen ist. Den offenbar Älteren hört man laut sagen:

»Befehl von oberster Stelle – kein Einwohner darf das Dorf verlassen.«
Zum Schrecken der Freunde entsichert daraufhin Peter tatsächlich seine Pistole, richtet sie auf die Brust des Braunen und brüllt so laut, dass es möglichst viele der hinter ihm wartenden Leute hören können:
»Und dies ist ein Befehl des Generalfeldmarschalls Niehoff: Verlassen Sie augenblicklich die Straße oder ich schieße!«
Ist der Junge denn wahnsinnig geworden? Der bringt sie doch alle in Lebensgefahr.
»Irrsinn!« Heinis Stimme klingt ängstlich und gepresst. »Das haben wir nu dem Teufelszeug zu verdanken, das er ständig einnimmt.«
»Was für Teufelszeug?«
»Na was wohl? Pervitin, vor zwei Tagen erst hat er sich 'ne Klinikpackung davon besorgt.«
»Kann ihn nicht einer zurückholen?«
Die beiden da vorne scheinen noch zu zögern, aber als Peter einen weiteren Schritt auf sie zugeht, mit angelegter Waffe, tatsächlich, da heben sie beide zögernd die Hände.
Für Heini der Anlass, in ein absolut hysterisches Kichern auszubrechen. »Halt doch mal die Klappe!«, herrscht Rico ihn an.
Deutlich ist zu hören, wie der Ältere ausruft: »Wir weichen der Gewalt!« Und schon drücken sie sich auf die Seite und verschwinden in einem Haus.
Als Peter den Rückzug antritt, klatschen einige der Leute neben den Pferdewagen in die Hände, einer klopft ihm sogar auf die Schulter. Peter grinst.

»Wenn das mal gut geht«, sagt Rico mit Grabesstimme. Ernst, der immer noch wie in Hypnose in der gleichen Stellung auf seinem Sitz verharrt, sieht nun, wie der Treck sich langsam wieder in Bewegung setzt und wie zwei alte Leute, die in dem Dorf zurückbleiben, ihre Tochter umarmen, wie sie sie auf die Stirn küssen und ihnen dabei die Tränen nur so aus den Augen laufen. Das setzt bei ihm eine Automatik in Gang, er kann es nicht verhindern. Jetzt muss er auch heulen. Genau wie er als Kind heulen musste, wenn seine Schwester Trudel anfing zu heulen. Das darf keiner sehen.

Manche der Leute, die nicht mitziehen, haben weiße Betttücher in die Fenster gehängt.

»Verbrennt eure Hakenkreuzfahnen und Hitlerbilder!«, ruft die junge Frau ganz offen ihren zwei Alten zu, bevor sie sich auf den Wagen schwingt.

In manchen Ställen brüllen die Kühe.

Von wegen Grenze

Schläfst du, Ernst?«

Das Auto hat angehalten. Peter sitzt über eine Feldkarte gebeugt.

»Ja tatsächlich, ich muss eben eingenickt sein.«

»Eben?«, sagt Heini spöttisch.

Draußen beginnt es bereits, wieder dämmerig zu werden. Peter versucht anzufahren, die Reifen fassen nicht sofort, drehen durch und verursachen ein unangenehm kreischendes Geräusch. »Leg einen höheren Gang ein!«, schaltet sich Heini ein.

»Wo sind wir hier?«, will Ernst wissen und späht durch die beschlagenen Scheiben.

Der nächste Anfahrversuch klappt. Es scheint hier querfeldein zu gehen, über einen gefrorenen Acker weg. Alle werden kräftig durchgeschüttelt.

»Wir fahren um den Iwan drum rum«, erklärt Rico und dreht sich dabei zu Ernst um. »Vorhin war das Rumpeln der Artillerie schon ganz nah dran«, erklärt er. »Nur du mit deinem seligen Schlummer hast es wieder mal verschlafen.«

Der Kübelwagen wird diesmal auf eine wahre Belastungsprobe gestellt. Die Bodenverhältnisse sind aber auch saumäßig. Das Fahrzeug ächzt, schaukelt und kippt dabei fast auf die Seite. Über dem Wald hört man das Stakkato einer Stalinorgel. Mit Echoeffekt. Ernst erlebt den äußeren Aufruhr in seinem Mageninnern mit. Verdammtes Gefühl, als müsste er sich demnächst übergeben. Ist aber nichts drin,

was der Mühe wert wäre. Ist einfach nur die Angst. Weiter so im Schritttempo. Schlicht entnervend.
Irgendwann ist man am Ende. Dann spürt man auf einen Schlag, wie kaputt man ist. Zu keinem einzigen klaren Gedanken mehr fähig. Die vergangenen sechs Wochen haben ihn so ausgelaugt und es kommt ihm vor, als seien seit Weihnachten zwei Jahre vergangen. Ob es den anderen auch so geht? Verstohlen blickt Ernst erst Heini, dann, so weit von seiner Position möglich, Peter ins Gesicht. Bleisoldaten, denkt er. Die hatten ihr Gefühl wohl irgendwie abgeschaltet. Wenn ich wenigstens Rico an meiner Seite hätte.
Eine Weile geht es durch schön verschneiten Wald, echten Märchenwald mit herunterstiebendem Puderschnee.
Ein Wunder, dass diese Kiste in dem Gelände überhaupt fahren kann. Wunderauto, genau wie die Wunderwaffe eine Erfindung des Führers. Plötzlich ist der Wald zu Ende. Einmal tauchen schemenhaft zwei Panzer im Norden auf, drehen aber ab, nur ihr boshaftes Motorengeräusch ist noch eine Weile zu hören. Sanftes Hügelland, Waldberge, die im Märchenblau versinken.
Was groß und menschenfremd in dir du Waldgebirge, lob ich mir.
Was einem so einfällt – eine Zeile von unserem großen Dichter Gerhard Hauptmann.
»Sind wir noch im Riesengebirge?«, fragt Ernst in die Runde.
»Haben wir längst hinter uns. Du verschläfst ja immer alles. Wir sind haarscharf durch die Lücke durch.«
»Wir sind schon über die Grenze.«

»Welche Grenze?«
»Die tschechische, du Schlaumeier.«
»Ihr mit eurer Grenze.«
»Nein im Ernst, was sagen wir, wenn uns Tschechen anhalten?«
»Kann einer von euch Tschechisch?«
»Natürlich, du nicht?«
»Kde domov muj.«
Riesengejohle. »Was heißt denn das?«
»Kannst ja mal ausprobieren. Wahrscheinlich eine haarsträubende Schweinerei.«
»Ist die tschechische Nationalhymne, du trübe Tasse.«
»Oder etwa nicht? Frag doch mal unseren Siebenschläfer, der kann dir's sicher sagen.«
»Lasst Ernst in Ruhe«, sagt Rico.
»Kannst du auch eine Panzerfaust bedienen?«, fragt Heini.

Es geht alles so schnell. Doch im Nachhinein betrachtet auch wie im Zeitlupentempo.
Irgendwann, es ist schon fast dunkel, passiert ihr Auto eine dünne Kette Infanterie.
»Von wegen über die Grenze«, ruft Rico. »Das sind doch unsere, oder?«
In Schneelöchern, Karabiner vor sich, Handgranate neben sich, Blick nach Osten. Die armen Schweine.
»Verpasst bloß den Anschluss nicht«, ruft Peter ihnen zu. Eben verkündet Heini: »Wer will was zu futtern?«, und schiebt Ernst Schweinesülze und zum Zähneausbeißen hartes Kommissbrot rüber, eine eiserne Ration. Danke.

Kurz vor sieben kommt ein Bahndamm in Sicht und dahinter die Umrisse einer gewaltigen dunklen Scheune. Beides kaum registriert. Und dann, in Sekundenabstand, jault es plötzlich heran, einmal, zweimal. Detoniert krachend.
»Verdammt, Granatwerfer«, hört Ernst Heini brüllen. »Raus hier und bloß rein in die nächste Furche.«
Das kommt so überraschend, dass nicht einmal mehr Zeit ist, zu erschrecken. Rico hat sich aus dem Auto fallen lassen, Ernst hinterher. Hört, die Nase im Schnee, Granatsplitter über den Boden rasieren. Alle Eindrücke synchron, ein Stück orangeroter Unwirklichkeit. Ein riesiger Lastwagen, der auf den Damm fährt. Stopp. Volltreffer in die Führerkabine. Von dort gleich darauf ein unmenschlicher Schrei, der überhaupt kein Ende findet.
»Und ob ich schon wandelte im finsteren Tal, fällt ihm eben ein«, betet er, *»fürchte ich mich doch nicht . . .«* Hebt er den Kopf zwei Zentimeter, die Augen, sieht er zwei Mann aus der Kabine fallen, sieht alles doppelt, einer läuft noch, wird aber dann getroffen, fällt. Wo ist Rico? Nur ein paar Meter weiter in einer Ackerfurche, die Hände über dem Kopf gefaltet. Rico? Rührt sich nicht. Stoßweise quillt rotes Leben durch seine gefalteten Finger. Aus seinem Hals. Ricoooo!
Es ist noch nicht zu Ende. Noch lange nicht. Der nächste Einschlag erwischt ihn. Ein Peitschenschlag. Aufflammender Schmerz im rechten Schenkel. In der Hose wird es warm, klebrig.
Völlig sinnlos schreit Ernst nach einem Sanitäter. Könnte genauso gut »Heil Hitler« schreien. Endlich darf er schreien! Mämmi, Hanne, Gödela! Schreien erleichtert.

Als ihm seine Albernheit bewusst wird, kehrt Ruhe ein.
Ich will meine Mutter, meine Geschwister wieder sehen. Er weint, flennt hoch und ausdauernd wie ein Kind. Ich will raus aus diesem Dreck. Der Wagen auf dem Damm brennt auf einmal lichterloh. Aus der flachen Senke heraus verballern Sturmgeschütze ihre Munition. Bresche schießen. Hinter dem Bahndamm scheint man das Laufen zu bekommen. Scheinen keine schweren Waffen zu haben. Dann traut Ernst noch einmal seinen Augen und Ohren nicht. Hundert Meter vor ihnen sind plötzlich Sturminfanteristen, springen auf, schreien »Hurra«, werfen sich wieder hin, so wie sie's in der Stellung geübt haben. Schießen und jagen die Russen auseinander. Gebeugte Rücken von hinten. Alles, was noch kriechen kann, fließt durch das Loch über die Dammkrone.
Ich muss aufstehn, hier sieht mich keiner. Er kann Peter sehen, wie er sich über Rico beugt. »Der hat noch nicht mal 'ne Erkennungsmarke! Los, aufstehn, weg hier.« Das pätscht immer noch von der Seite auf den Damm. Komisch, beide Funker, Peter und Heini, noch heil.
Rein in die Karre und nichts wie weg.
Aber Rico.
Peter beugt sich über ihn, leichenblass. »Den können wir jetzt nicht aufladen.«
Sie haben ihn hinten in den Wagen gehievt. Bloß jetzt den Anschluss nicht verpassen, wie er vorhin richtig bemerkt hat. Von links beginnt schon wieder das blöde Taktak. Bloß weiter. Bis zur Dammkrone sind es noch dreißig Meter. Erdfontänen spritzen vor der Windschutzscheibe auf, die

Luft surrt von Querschlägern. Dann sind plötzlich Flieger über ihnen.
»Haifische, unsere eigenen Kampfflugzeuge«, schreit Peter. Mit Hilfe von Heini zerrt Ernst sich die Hose runter.
»In das Einschussloch kann man bequem zwei Finger stecken. Den Ausschuss«, sagt Heini, »kann man nicht sehen.«
»Es leckt«, sagt er nur trocken. Damit meint er Blut, Blut und noch mal Blut. Die zwei Verbandspäckchen, die er Ernst, so gut es geht, darüber gefummelt hat, sind nach Sekunden bereits wieder völlig durchweicht. Auf dem Rücken liegend, scheint es, als gehe es in rasendem Galopp voran. Plötzlich, wenn er für Sekunden die Augen aufschlägt, ist der Himmel über ihm voller Sterne. Pünktchen und noch mehr Pünktchen, leuchtende Spiralnebel, mittendrin der Sternhaufen der Plejaden und in seiner Mitte wiederum das Gesicht von Hanne – es ist, als sei Ernst die Gabe verliehen worden, durch alles hindurchzusehen, bis auf den letzten Grund. Laut fallen die Namen Sagittarius, Ganymed und Gemini. Besser, wenn er sich auf den Ellbogen stützt.
Heini und Peter versuchen aus dem Pfeifen ringsum, den Explosionen und dem Maschinengewehrrattern herauszuhören, wer hier auf der Siegerseite steht. Ernst versucht auch zu denken. Er denkt: Die zwei, die aus der Fahrerkanzel stürzten, müssen Russen gewesen sein, noch nie hat er solche Gesichter gesehen, Gesichter, die vor seinen Augen explodierten. Er denkt: Rico ist tot, sie haben ihn einfach liegen lassen. Mehr als einmal glaubt er am Wegesrand Körper gefallener Soldaten liegen zu sehen.
Kaum zu glauben, dass er auch das Weitere phantasiert. Ei-

ne Ortschaft am Rande der Welt, wo die Luft nach Eisen schmeckt und in loderndem Feuer zwei Panzerwagen stehen. Er sieht Militärfahrzeuge und Motorräder, vernimmt Befehle in tschechischer und deutscher Sprache und landet schließlich, nachdem Heini und Peter sich hastig von ihm verabschiedet haben, auf einem Lastwagen voller Verwundeter. Mit der unverletzten Arschbacke presst er sich kräftesparend an die seitliche Bordwand, versucht sich in Embryonalstellung einzuigeln.

Wo ist bloß sein Mantel? Plötzlich ist ihm empfindlich kalt.

Es gibt Ereignisse, die ereignen sich nicht bloß einmal, sondern existieren durch alle Zeiten fort. Diese Fahrt, in Ewigkeiten gemessen. Und nicht als Fortbewegung, sondern als Lähmung. Wann wird dieser ins Unendliche verlängerte Augenblick endlich zum Stillstand kommen?

Dabei ist er nicht allein, sondern unter seinesgleichen. Mehr oder minder schwer Verwundete. »Geht es noch ’ne Weile so, Kumpel?«, spricht ihn einer an, zieht eine Decke über ihn.

»Sind bald da, sind schon in Österreich.« Später bietet dieser eine Ernst noch eine Rolle Drops an, die er alle nacheinander in sich reinstopft.

Der Himmel in Österreich ist noch klarer als anderswo und bitterkalt, die Straßen voller Schlaglöcher.

Ein Königreich für eine Stunde Schlaf, denkt er und gibt alle Verantwortung ab. An den da oben und an seine Helfer.

Bald darauf ein Befehl: »Raus mit dir! Wir sind da.«

Einen merkwürdigen Umgangston hatte dieser Kerl, wahrscheinlich auch eine Folge von diesem Zeug, wie hieß es noch?, überlegt Ernst krampfhaft, während er auf eine Trage gewuchtet wird.

Ach richtig: Pervitin. Klingt pervertiert.

Das hier also ist Wien. Ein Lazarett um ein Uhr morgens.

Name, Einheit, Erkennungsmarke, hört Ernst aufrufen, im Operationssaal im Keller. Er lässt Hose und Unterhose herunter und legt sich bäuchlings auf einen frei gewordenen Tisch. »Wo ist mein Rucksack, wo ist mein Mantel«, verlangt er zu wissen.

»Ein Brief ist Ihnen aus der Tasche gefallen«, antwortet ihm eine Schwester, die einen Mundschutz trägt, schwer verständlich. »Ich leg ihn zu Ihren Sachen.« Das muss der Brief an Gödela sein, überlegt Ernst ohne Erschütterung. Nun hat er ihn umsonst geschrieben.

Die Ärzte hier mit blutverschmierten Kitteln und dunkel umränderten Augen arbeiten wie Automaten gegen das menschliche Elend, das auf ihren Tischen landet. »Schauen Sie, Herr Doktor, das ist ja noch ein Kind«, sagt die Stimme dieser Frau, eine warme, angenehme Stimme mit typischem Wiener Akzent. Ernst würde gern widersprechen, aber etwas hindert ihn daran. Durch Nebel dringen die halblauten Anordnungen nun an sein Ohr. Morphium, Äther, Amputation vorbereiten.

»Keine Amputation bitte«, bringt er noch fertig zu flüstern.

»Nein, du warst nicht gemeint.«

Die Hand der Ärztin bleibt einen Moment auf seiner Stirn liegen. Neben Ernst ein schreckliches Stöhnen.

Die Hand tut so gut, diese warme, große zärtliche Hand einer Frau, die nach Leben riecht. Bitte nicht mehr wegneh-

men. Endlich ist er an der Reihe. »Die Verletzung, die du hast, ist gar nicht schlimm«, sagt die Ärztin. »Eine Bagatelle. Dein Nachbar, den hat es schlimmer erwischt. Dem ist eine Handgranate auf dem Hintern explodiert und hat ihm die Hoden weggerissen, ist auch erst achtzehn, der Junge.«
Warum redet sie so laut?
»Du wirst dich erst ausschlafen, dann kannst du bald wieder nach Hause gehen. Der Krieg, der ist für dich jedenfalls auch zu Ende.«
Nach Hause, überlegt Ernst, wo ist das? Wo wird das sein?
Tetanus, Rivanolpuder, Verband!
»Können Sie allein aufstehen? Gehen?«
»Werde es versuchen«, krächzt eine Stimme.
Auf der Treppe zu den Bettsälen beginnen die Wände zu kreisen, es gelingt aber, eine zu erhaschen. Und sich an ihr abwärts rutschen zu lassen. Das letzte Bild, was sich ihm einprägt, ist das rote Kreuz auf dem weißen Käppi einer Ordonnanzschwester. Die muss ihn noch schnell aufgefangen haben. Blaue Augen hat sie wie seine Schwester Heidi. Und in den allerletzten Bruchteilen von Sekunden, bevor ihn das wohltuende Dunkel eines großen Schlafes umfängt, stellt sich ein anstrengender Gedanke ein, der mit dem Kreuz zu tun hat. Unter dem Kreuz, lautet der Gedanke, wird man alle wieder finden, Mämmi, seine Schwestern und Hanne. Alle die man lieb hat, auch Gödela. Dann wird er auch wieder wissen, wo sein Zuhause ist. Aber jetzt – nur sehr dünne Luft, keine Wolken und Millionen weißer Pünktchen wie die Milchstraße in einem schwarzen Himmel ohne Ende. Und ein Wehen, welches das Leben in ihm

und rings um ihn herum in Bewegung hält. Es wird weitergehen. Etwas Neues wird beginnen, sagt ihm eine innere Instanz, bevor er sich ganz hingibt.
Der Geist hilft unserer Schwachheit auf.

Nachwort

Breslau, bei Kriegsbeginn eine der schönsten Städte Deutschlands und mit 620.000 Einwohnern ebenso groß wie München zu der Zeit, ist weitgehend aus dem Bewusstsein der heutigen Generation verschwunden. Mit seinen über 40 Kirchen und zahlreichen Brücken als das Venedig des Ostens bekannt, wird es heute unter dem polnischen Namen Wroczlaw von seinen Bewohnern mit Stolz als eine der schönsten Städte Polens präsentiert.

Für alle, die eine Wissenslücke schließen wollen, hier ein kurzer geschichtlicher Abriss:

Zieht man auf der Landkarte vom Schwarzen Meer zur Nordsee und von Venedig nach Königsberg gerade Linien, so schneiden sie sich in einem Punkt. Auf dem Schnittpunkt dieser europäischen »Kraftlinien«, die bedeutenden damaligen Handelswegen entsprachen, lässt der Böhmenherzog Wratislaus um das Jahr 1000 eine Burg bauen – Wratislavia. Polnische Herzöge, die Piasten, gründen daraus eine Stadt – das spätere Breslau.

Breslau, eine deutsche Stadt im Osten. Aber nicht irgendeine. Ihre wechselvolle Geschichte teilt sie sich, neben Böhmen, dem Habsburger Reich, Preußen mit dem angrenzenden Polen.

Von 1242 bis 1945 war sie deutsch. Also 700 Jahre. Mit 629.560 Einwohnern ist sie vor 1945 vor Danzig und Königsberg die größte deutsche Stadt im Osten.

Was ist nicht alles über Schlesien hinweggezogen. Mongolenstürme. Hussitenkriege. Judenverfolgung schon früh. Um 1440 hält der Humanismus Einzug. Später huldigt die Stadt dem Ungarnkönig Corvinus. Die Fugger gründen um 1500 eine Faktorei und lassen den Tuchhandel erblühen. Martin Luthers Lehren setzen sich durch. Um 1561 ist Breslau größer als Wien. Dann verwüstet die Pest die Stadt, als Folge des Dreißigjährigen Krieges. Die Gegenreformation beginnt mit dem Einzug der Jesuiten ab 1638. Breslau wird zur Hauptstadt der ›deutschen Poeterey‹, bringt den Dichter Martin Opitz hervor, dessen Literaturtheorie bis heute richtungweisend ist. Und Angelus Silesius mit der Dichtung »Der cherubinische Wandersmann«.

Dann schlagen sich preußische und österreichische Heere um sie, im Siebenjährigen Krieg. Am Ende wird Breslau preußisch und erhält einen Kommandanten namens Tauentzien. Der hatte einen berühmten Sekretär: Gotthold Ephraim Lessing. Im Gartenpavillon auf der großen Oderinsel schreibt der seine »Minna von Barnhelm«.

Später zieht Bonaparte in Breslau ein. Doch die Tage der Franzosen sind gezählt. Wir wissen, wie es weiterging: Schlacht an der Katzbach. Völkerschlacht bei Leipzig. Der Kanonendonner entfernt sich und soll über ein Jahrhundert nicht mehr gehört werden.

1871 hat die Stadt 100.000 Einwohner und erlebt mit den Gründerjahren einen gewaltigen Wirtschaftsaufstieg. Sie wird zum Umschlagplatz für Kohle und Erz aus Oberschlesien. Lokomotiv-, Maschinenfabriken und Papierwerke entstehen. Das zieht neue Massen in die Stadt. Seit 1877 rollt die »Pferdebahn« durch die Straßen, 1893 die erste »Elektri-

sche«. Aber Breslau behauptet sich nicht nur ökonomisch. Berühmte Gelehrte zieht es an die 1811 gegründete Neue Universität: den Historiker Mommsen, den Philosophen Dilthey, den Nationalökonomen Brentano. Ein Klinikzentrum entsteht und um 1910 eine technische Hochschule.
Ein Kuppelbau aus Glas und Beton von enormen Ausmaßen, die Jahrhunderthalle, wird Zentrum und Blickfang der Hundertjahrfeier zum Gedenken an die Freiheitskriege.
Ein Jahr später bricht der Weltkrieg aus. An seinem Ende stehen Hunger, Not, Revolution. Die Wirtschaftskrise trifft die schlesische Metropole schwer, mehr als Städte im Westen. Außerdem leidet sie unter ihrer räumlichen Enge. Fast doppelt so viele Einwohner wie vergleichbare deutsche Großstädte hat sie um 1927.
Die Katastrophe nimmt ihren Lauf zu Beginn der Dreißigerjahre. Die bekannten Gründe sind Arbeitslosigkeit und wirtschaftliche Not. Die Marschkolonnen der »Braunhemden« ziehen jetzt durch die Straßen und selbst die Skeptischen begrüßen es, als die Wirtschaft 1933 wieder Auftrieb bekommt und »Ruhe und Ordnung« einkehren.
100.000 Gäste kommen 1938 zum Deutschen Turn- und Sportfest. Breslau zeigt sich von seiner besten Seite. Aber wenige Monate später brennt die Synagoge. Im folgenden Jahr wird Deutschland Aufmarschgebiet gegen Polen. Zwar lässt der ausgebrochene Zweite Weltkrieg und seine Schrecken Breslau vorerst unberührt. Die Rüstungsindustrie boomt. Aus den zerbombten Städten des Westens finden immer mehr Frauen und Kinder Zuflucht in der Stadt, sie ist vorerst zum Luftschutzkeller des Reiches geworden.

Doch als im Sommer 1944 die russischen Armeen bis zur Weichsel stoßen, ist abzusehen: Breslau wird Ziel des nächsten Angriffes. Ein »Führerbefehl« erklärt Breslau zur Festung und Gauleiter Hanke steht stramm vor der Obrigkeit und verhindert die rechtzeitige Evakuierung der Bevölkerung.

Mitte Januar rollen russische Panzer über die Landesgrenze, tags darauf sehen die Breslauer verschneite Trecks, beladen mit Hausrat, Tieren und Menschen über die Oderbrücken in die Stadt einziehen. 45.000 Mann, bestehend aus Volkssturm, Urlaubern von der Front und Ersatzkompanien, bilden die Truppe, die Breslau gegen eine vielfache Übermacht der Roten Armee verteidigen soll.

Der Angriff beginnt am 17. Februar 1945 im Süden Breslaus. In erbittertem Häuserkampf erobert ein Volkssturmbataillon von 16 bis 18-Jährigen verlorenes Gelände zurück. Auf russischer Seite ist die Verbissenheit nicht geringer. Damals schreibt eine Moskauer Zeitung: »Während des Krieges hat es nur wenige Gegenstücke gegeben zu dem derartig dramatischen Ringen wie in Breslau, wo die Kämpfe an Erbitterung und Todesverachtung alles Frühere übertreffen.« Ein aberwitziger Plan wird Anfang März verwirklicht: Gauleiter Hanke lässt eine Start- und Landebahn für Transportflugzeuge mitten in der Stadt ausbauen. Hierzu müssen ganze Häuserzeilen an der Kaiserstraße gesprengt werden. Am 7. März hat Hanke dazu die »Arbeitspflicht für jeden Einwohner« (das galt für Jungen ab zehn, für Mädchen ab zwölf Jahren) angeordnet, wobei Verweigerung mit Todesstrafe geahndet wird.

Nach einer Atempause an den Fronten donnern am 1. April im Westen die Geschütze los. Der Angriff auf den Flughafen setzt ein.
Gleichzeitig erscheinen die Bomber. 750 Maschinen laden ihre Bombenlast über der Stadt ab, die zum Inferno wird, vergleichbar nur mit Dresden. Das Osterfest ist der Untergang der 700-jährigen deutschen Stadt. Mit dem Einmarsch der Russen erfolgen Plünderung und Vergewaltigung. Den Russen folgt die polnische Verwaltung. Die systematische Vertreibung aller verbliebenen Schlesier setzt ein und gleichzeitig halten die aus Ostpolen Vertriebenen Einzug in die zerstörte Stadt, u. a. die gesamte Universität von Lemberg. Die polnische Verwaltung steht vor einem Trümmerfeld. Sogleich nach dem Krieg beginnen der polnische Staat und die katholische Kirche jedoch damit, historische Bauten wieder aufzubauen.

Glossar

Adler Nobelautomarke

Babitschen die Großmutter

Batterie bei der Flugabwehrtruppe eine mehrere Züge vereinigende Einheit, entspricht der Kompanie bei der Infanterie

Christbaumbeleuchtung sarkastische Bezeichnung für die Leuchtkugeln, die die feindlichen Flieger vor einem Angriff abwarfen, um das Gelände auszuleuchten

comme il faut frz.: wie es sich gehört, Ernst stammt aus der bildungsbürgerlichen Mittelschicht und drückt sich sehr gewählt aus. Der Mode der Zeit entsprechend, bedient er sich häufig französischer Redewendungen.

coram publico lat.: vor aller Welt

Defätist, defätistisch Schwarzseher, schwarzseherisch

Der Geist hilft unserer Schwachheit auf Titel einer Motette von Johann Sebastian Bach

Erdkampf letzte Kampfhandlungen am Boden, bevor ein Gebiet vom Gegner eingenommen wird

Flak Abkürzung für Flugabwehrkanone, mit der während des Luftkrieges feindliche Flugzeuge abgeschossen wurden. Als Flakhelfer wurden gegen Ende des Zweiten Weltkrieges häufig Zivilisten, auch Jugendliche oder Frauen, eingezogen.

Geschützstaffel Einheit, die direkt am Geschütz, also der Flugabwehrkanone eingesetzt wurde.

Haifische feindliche Flugzeuge

HJ, Hitlerjugend, Jugendorganisation der NSDAP, die noch vor dem Elternhaus und der Schule der »körperlich-geistigen« und »sittlichen« Erziehung der Jugend sowie seit Kriegsbeginn der vormilitärischen »Ertüchtigung« dienen sollte. Wer nicht Mitglied in der HJ war, musste mit massiven Nachteilen rechnen, ab 1939 war die Mitgliedschaft für alle Kinder und Jugendliche zwischen zehn und 18 Jahren verpflichtend.

Heilige Hedwig Schutzpatronin Schlesiens

Heitler Verballhornung des »deutschen Grußes« Heil Hitler

Hitlersäge umgangssprachliche Bezeichnung für das MG 42, ein Maschinengewehr, das die deutsche Wehrmacht seit 1942 einsetzte

Ju Transportflugzeug der deutschen Wehrmacht, das von der Junkers Flugzeug- und Motorenwerke GmbH entwickelt wurde

Kapo Lageraufseher

Kartjuschas polnisch für Kartusche

Kartusche in Metallhülsen untergebrachte Treibladung von Munition

Ladekanonier unterster Dienstgrad

Leutnant Offizier, höherer Dienstgrad

Malsigerät: Gerät, mit dem die Flugbahn eines feindlichen Flugzeuges von der Flakstellung aus verfolgt wurde

Messstaffel Flakhelfer, die speziell zum Vermessen der Geschütze eingesetzt wurden, Teil der Flakausbildung

Muckefuck Kaffeeersatz aus Getreide

Muy boshe polnisch für »Mein Gott«

Nähmaschinen russische Jagdflugzeuge, die nur ein leises Motorengeräusch verursachten

NSDAP Abkürzung für Nationalsozialistische Deutsche Arbeiterpartei, Partei der extrem nationalistischen, imperialistischen und rassistischen Bewegung, die nach dem Ersten Weltkrieg in Deutschland Fuß fasste und die faschistische Regierung Adolf Hitlers ab 1933 begründete. 1945 wurde die NSDAP aufgelöst und ist seither verboten.

Nuppa schlesisch: Nachbar

Panzerfaust zur Panzerabwehr eingesetzte Schulterwaffe, im Prinzip eine tragbare Rakete

par cœur frz. auswendig

Pervitin: Medikament, das die Droge Metamplutamin enthält und zu erhöhter Aufmerksamkeit, gesteigertem Selbstbewusstsein führt sowie Angst und Schmerzempfinden vermindert.

Pjerunnje polnisches Schimpfwort

Sanka Sanitätsfahrzeug

Schanzarbeiten Erdarbeiten, bei denen Stützpunkte für die Verteidigung der Stadt gegen die russischen Truppen vorbereitet wurden

Scheibe bei Glatz hier ein Schimpfwort, tatsächlich gibt es einen kleinen Ort namens Scheibe in der Nähe der heute polnischen Stadt Glatz

Seeger schlesisch für Standuhr

Sforzato übermäßig, Begriff aus der Tonkunst

Spieß Bezeichnung für den Batteriefeldwebel, Unteroffizier

Spinnstoffe Leinenstoffe

Stante pede Stehenden Fußes

Stuka Sturzkampfflugzeug, Militärmaschine, die ihre Ziele im Sturzflug anpeilte und daher nur schwer abzuwehren war

Volkssturm Ab September 1944 wurden alle waffenfähigen Männer zwischen 16 und 60 Jahren, die nicht sowieso schon bei der Wehrmacht waren, für den so genannten Volkssturm herangezogen, um bei der Verteidigung der unmittelbar bedrohten Heimatgebiete zu helfen. Völlig unzureichend ausgebildet und ausgerüstet, wurden in den letzten Kriegstagen Kinder oder alte Männer in einen völlig sinnlosen Tod geschickt.

Wärmestube öffentlicher Raum, in dem die Menschen sich aufwärmen konnten und wo teilweise auch eine warme Mahlzeit ausgeteilt wurde. Ursprünglich wurden Wärmestuben von kirchlichen Organisationen wie Caritas oder Diakonie unterhalten, während des dritten Reiches von der nationalsozialistischen Volkswohlfahrt (NSV).

Zimpel Stadtteil von Breslau